絵本

徒然草　上

橋本　治＝文
田中靖夫＝絵

kawade bunko

河出書房新社

目次

編集＝K＆K事務所

絵本　徒然草　上

青年篇

【序　段】

つれづれなるままに日くらし硯《すずり》にむかひて、心にうつりゆくよしなし事をそこはかとなく書きつくれば、あやしうこそものぐるほしけれ。

退屈で退屈でしょーがないから一日中硯《すずり》に向かって、心に浮かんで来るどーでもいいことをタラタラと書きつけてると、ワケ分かんない内にアブナクなってくんのなッ！

【第一段】

いでやこの世に生れては、願はしかるべき事こそ多かめれ。御門《みかど》の御位はいともかしこし。竹の園生《そのふ》の末葉《すゑば》まで、人間の種ならぬぞやんごとなき。一《いち》の人の御有様はさらなり。ただ人《びと》も、舎人《とねり》など給はるきはは、ゆゆしと見ゆ。その子孫《こうまご》までは、はふれにたれどなほなまめかし。それより下《しも》つかたは、ほどにつけつつ時にあひしたり顔なるも、みづからはいみじと思ふらめど、いとくちをし。

法師ばかり羨《うらや》ましからぬものはあらじ。「人には木の端《はし》のやうに思はるるよ」と清少納言が書けるも、げにさることぞかし。勢猛《いきほひまう》にののしりたるにつけて、いみじとは見えず、増賀《そうが》ひじりの言ひけんやうに、名聞《みやうもん》ぐるしく、仏の御教《みをしへ》にたがふらんとぞおぼゆる。ひたふるの世捨人《よすてびと》は、なかなかあらまほしきかたもありなん。

人は、かたちありさまのすぐれたらんこそ、あらまほしかるべけれ。物うち言ひたる、聞きにくからず愛敬《あいぎやう》ありて、言葉おほからぬこそ、飽《あ》かず向はまほしけれ。めでたしと見る人の心おとりせらるる本性《ほんしやう》見えんこそ、口をしかるべけれ。しなかたちこそ生れつきたらめ。心はなどか、賢きより賢きにも移さば移らざらん。かたち心ざまよき人も、才《ざえ》なく成りぬればしなくだり、顔憎さげなる人にも立ちまじりてかけずけおさるるこそ、本意《ほい》なきわざなれ。ありたき事は、まことしき文《ふみ》の道、作文《さくもん》、和歌、管絃《くわんげん》の道。また有職《いうそく》に公事《くじ》の方《かた》、人の鏡ならんこそいみじかるべけれ。手などつたなからず走り書き、声をかしくて拍子《ひやうし》とり、いたましうするものから、下戸《げこ》ならぬこそ男《をのこ》はよけれ。

＊＊＊

そうだよな！　この世に生まれてるんだから、期待してもいい事っていうのは、絶対多くていい筈《はず》だよな！

帝《みかど》の位は、ちょっと畏《おそ》れ多すぎるな。竹の園生《そのお》の下っ葉まで常人の血筋じゃないんだから、尊いじゃないか。一の人の様子っていうのは、しょうがないよな。ただの貴族でも、舎人《とねり》なんかを給《たま》わってる身分は、大したもんに見えるさ。その子や孫までなら、落ちぶれちゃっても、やっぱり品があるな。それより下の方となると、家柄相応なりにさ、時流に乗って得意顔してるのも、自分じゃスゲエと思ってるみたいだけど、ロクでもないよな。

坊主ほど羨《うらや》ましくないもんはねェよな。「人には木の端切れみたいに思われてんのよ」って清少納言が書いてんのも、実際、言えてるよな。大物になって世間が大騒ぎしてたって、大したもんとは思えない。増賀上人《そうがしょうにん》が言ってたとかってみたいに、名声は毒だしな、み仏の教えとは違ってんじゃないのってさ、思うよな。純粋の世捨て人なら、なかなかいいとこもあるんだろうけどな。

人間は、顔と見た目がすぐれてるっていうのが絶対、理想なんじゃないの。ちょっと話をしてるんでも、耳ざわりじゃなくて魅力があって、言葉数が多くない人っていうのが絶対、長いことでも向きあっていたいよな。立派だと思ってた人が、幻滅しちゃうような本質を見せちゃうっていうのはさ、残念だよなァ。身分や容貌っていうのなら生まれつきだろうさ。中身はどうかな？「賢明から更に賢明へ」って、変えようとすれば変わるんじゃないの？顔や気立てがいい人だっても、知性がなくなっちゃえば、下等になるし、品のない顔をしてる人間の中に入って簡単にブッつぶされちゃうっていうのが絶対、残念無念なことなんだよなァ。

持っていたいものは、本格的な学識教養、漢詩、和歌、音楽の才能。あと、有職《ゆうそく》に儀式の方――これで人の手本になるっていうのが最高なんじゃないかな。字なんかが下手じゃなくて走り書きでな、いい声で拍子《リズム》とってな、迷惑そうにはしてても、下戸《げこ》じゃないっていうのが絶対、男はよし！　だな。

序段第一段の註

ヘイ、バディ！　アイム・グレイト・ケンコー・オブ・ザ・ボーズ——即ち、私があの偉大で有名な吉田の兼好《けんこう》法師じゃ——というのは、まァ間違いだな。吉田というのは私の実家のあった神社の名前で、吉田の兼好法師っつったら〝新田《しんでん》の田吾作〟とおんなじことになってしまう。私の家の姓は、吉田じゃなくて卜部《うらべ》だからね。私のことを正確に言うんなら、これは卜部の兼好法師ということになるんだが、しかしこれもまた間違いじゃわな。

だってあんた、私は坊主だもの。家を捨てたからこそ〝**出家**《しゅつけ》〟といってな、坊主に家はいらない。苗字なんかなしで、ただのケンコー法師というのが正しい。まァ、その兼好法師が吉田神社の家から出たというんで、これを〝吉田の兼好法師〟と呼ぶんなら正しかろうが、だからといって私の名前は、**吉田**《よしだ》**兼好**《けんこう》なんかじゃないんだぞ。どうしても苗字をつけて呼びたい、フルネームじゃないと試験にバッ点が付きそうだというんなら、私のことは〝**卜部**《うらべ》**兼**《かね》**好**《よし》〟と呼びなさい。それが私の出家前の名前なんだから、それが正しい。分かったな、お若いの。私にはな、卜部兼好《かねよし》と兼好《けんこう》法師の、二つの名前があるんじゃよ。二つの顔を持つ坊主、それが私じゃよ、フッフッフ（なにを言っとるんじゃか——）。

人間、出家になるっつうことはな、世の中を捨てるっつうことじゃよ。それまでの自分を、全部捨ててしまうのな。だもんだから、坊主になると、今までの名前とは違う坊主ネームを名乗る訳じゃな。**増賀《そうが》上人**の増賀というのもそうじゃがな。増賀上人の元の名をなんというたかワシャ知らぬ。変わったお人でな、若い頃には、そのお師匠様が坊主として出世をした、そのお礼言上《ごんじょう》に参内《さんだい》するお供についとって、その時に「名声は毒だ！　乞食がいい！」って言ったたっていうからなァ。日本のアシジのフランチェスコじゃなァ——西洋の坊主だがよ。

まァ、そういうお上人もおったんだが、私はな、坊主になったといってもどこぞの寺におさまってジーッとしてたというのとは違ってな、坊主になってからもアッチコッチをウロウロしとった。まァ、自由な気分をエンジョイしちゃっとったんだが、まァ、私はそういう坊主だからね、出家して坊主になったからといって、特

別な名前をつけるというのは、殊更《ことさら》らしくていやじゃった。だもんだから、それまでの兼好《かねよし》という名前を音訓《よ》みにしてな、ケンコー法師ということにしちゃったという訳なんじゃよな。

まァ、「なにをウダウダ、どうでもいいことを言っとるわい」なんてことを思わっしゃろうがの、それにも少々訳があるんじゃ。

ええか、私は兼好法師だよ。しかしなァ、ちょっとヘンだと思わっしゃらんかいな？　坊主になった兼好法師が何を言っとる？　「坊主ほど羨ましくないもんはねェよな」と。自分は坊主になっといて、それで坊主がいやだと言っておる。ずいぶんヘンテコリンな坊主じゃよなァ。とんでもないニヒルか、自己嫌悪のきついオッサンだと思うだろう。なにしろ、兼好法師の『徒然草』と言ったら、深い味わいのある中世の隠者《いんじゃ》文学でな、その根底にはフカーイ無常感

が流れとるなんてことを学校で習わっしゃるんだろうからな。しかしお若いの、私だってあんた、お前さん方と同じように若い時があった。年取って出家して兼好法師になったこのワシと、若くて宮中に働いとった卜部兼好と、別々の人間が二人いる訳じゃない、どっちも同じ人間でな、兼好法師が〝生きとる無常感〟の代表なんぞにされちまったら、この卜部兼好でもあった人間の青春がなくなっちまう。私だってあんた、生まれた時からタコやラッキョウや梅干みたいな顔をした坊主だった訳じゃない。私にだって、ちゃーんと青春はあったんだよォ。つまらないつまらない青春がなァ――。

私の若い時――十代の終わりじゃったが、帝がお住まい遊ばす宮中で、蔵人《くろうど》をやっていた。蔵人といえば、宮中の清涼殿にお住まい遊ばす帝にお仕《つか》えするお役でな、カノ清少納言女史も

『枕草子』で「蔵人はいい、蔵人は素敵よ、蔵人はカッコいい」と、そうおっしゃっておる。その、カッコよくて素敵でめでたくてアナカシコの蔵人に、青年卜部兼好は十九歳でなっていたのでした。ああ、なんと美しくリリシイ青年でありましたことであったろうか。それが私ですじゃよ。

お前、今じゃ私はワケのワカンない坊主じゃがね、昔は殿上人《てんじょうびと》——それもそれもカッコいいのキワミの蔵人をやっとった。ああ、なんという光栄、なんという輝かしい人生のスタートと、大学とやらに入った人間は今でも言うだろうが、それとおんなじ。蔵人になることは、エリート貴族として出世することのまず第一歩であるようなもんじゃったからな。平安の昔なら、一般の貴族はなんとかして蔵人になりたいと思った。蔵人になって立派な殿上人としての扱いを受け

て、その期間を終えたら、五位という——まァ言ってみれば一人前の貴族として通用するパスポートを持って、国司・受領《ずりょう》となって地方に出向いて行く、それで自分の財産を作って行く、それを基にして、改めて男としての出世を都でして行くという仕組みになっとった。

ところで、私が生まれたのは平安時代じゃない。私が生まれたのは鎌倉時代じゃ。鎌倉時代ももう終わりの頃で、海の向こうから蒙古が二度も攻めて来た。攻めて来て、これを追い払ったはいいが、そのおかげで幕府の屋台骨はガタガタになってしまったという、ちょうどその頃に生まれたのが私じゃよ。まァ、余分な話をしとると思われるかは知らんが、こういうことじゃ、お聞きなさい——。

蒙古が攻めて来てな、それで鎌倉の幕府がガタガタになったのはなぜかというとな、敵にやっつけられて、その被害が甚大だったからだという訳ではない。まァ、被害もあったろうが、問題はやっつけて後のことじゃった。

鎌倉というのは、武士の世界じゃ。武士というのはな、後の世になれば〝武士道〟なんぞという言葉が出来てきて、立派でつつしみのある人間だということにもなったのか知らんが、私の生きとった頃には違うのよ、ゼンゼン。もう、自分のことしか考えないの。ただただ、自分のやったことのごほうびしか考えない、そういう男が武士なのよ。いるじゃろが、残業手当ほしさにエンエンと仕事ばっかりしとって、しかしそのくせ残業手当なんぞというもんが廃止されるとピタ――ッと仕事なんかせんようになってしまう男が。結局、残業手当ほしさで働いとった、仕事が好きでもなんでもない。忙しい訳でもなんでもなく残業手当ほしさに自分で自分の仕事を勝手に引き延ばして忙しそうにしとっただけの男じゃったという訳だが、鎌倉の武士も似たようなもんじゃった。「自分の所領を守る為に命がけで戦う！」ということになったらカッコもよかろうが、武士の仕事は戦うことじゃな。主人の為に戦って、戦ったごほうびで、勝った後にはボーナスを貰う。武士が戦いに出るのは、勿論その恩賞がほしい為じゃ。武士の恩賞というのは、勿論土地じゃな。領地、これを貰う。力のある侍同士が戦って、一方が勝てば一方が負ける。負けた方は皆殺しにされて、今までそいつらが治めていた領地はゼーンブ、勝った方にブン取られる。戦《いくさ》に出た武士に報酬として下さる土地というのは、この負けて滅ぼされた武士のところから取り上げた領地じゃ。これを、戦の功に応じて山分けする。武士というものは、そのようにして、ズーッと武士の世を作って来た。その最高機関が鎌倉幕府じゃったという訳だが、ところでその鎌倉幕府のあるニッポンに攻めて来た蒙古は、別に土地を持って攻めて来た訳じゃねェぞ。海を渡って、日本を占領しようと思って、蒙古は船に乗って来た。これを追っ払って「あーよかった、めでたしめでたし」になると思ったら大間違いじゃというのは、この外敵を追っ払うのも、追っ払う武士にとっては、上から駆り出された戦の〝仕事〟じゃった、ということがあるからじゃ。

戦で働いたのじゃから、当然恩賞というものが出ると思う——それが武士じゃ。お国の為にという考えなんぞない。働いて勝ったのだから、当然報酬が出るもんじゃと思っとる。思っとったって、そんなもん出る訳はないというのは、蒙古は船に乗って来ただけで、領地を持ってやって来た訳ではないからじゃな。勝って山分けにしようと思ったたって、あるのは玄界灘の波間に漂う船の残骸ばかりで、山分けにするような土地はない。従って報酬は出ない。「チクショオ！　俺達にタダ働きさせやがってェ」と、頭のヤバンな武士達は、思っちゃったりした訳さ。それもまァ、一回ですめば「国を守る為だ！」ですんだろうが、蒙古は二度もやって来た。「二度もただ働きさせられて、ホウビのホの字も出やしねェ」と、ただ「領地！　領地！」でやって来た武士どもは思ったんじゃなァ。不満続出がブスブスとくすぶって、遂に幕府はガタガタになっちまった。文句言う武士を押さえるために、ほうびを出すのなら、もうしようがない、幕府の領地を切り取って渡すしか

なかろうが？　なにしろ土地じゃなきゃ納得せんという、愚かなヤツらなんじゃから、ちょっとでも幕府が譲れば、それはもう屍肉に群がるハゲタカ・ハイエナのように、忠誠を誓った筈の武士どもは襲って来る。それで鎌倉の幕府は滅んだんじゃな。まァ、よい気味でもあろうかいなと思うのは、私が鎌倉の人間でもない、京都の朝廷に仕える青年貴族の、カッコよくて素敵で、なんてったってこれが一番の蔵人をやっていた卜部兼好くんでもあるからだわなァ。

　平安時代の貴族にとって、己の人生を養うのは、地方に行って受領になることじゃった。しかし、平安時代というのは、そういう地方の各地に武士が出てくることで終わるんじゃよ。どういうことか分かるかね？　平安の昔に貴族が出かけてった地方は、鎌倉時代になったら、そのまんま武士の領地に変わっていたということ

ですなァ。蔵人になった、「やったぜ！　これで第一関門突破だ！」と思っても、もうその先に道はない。国司だの受領だのというものは、もう武士というヤバンなものにとって代わられとる。蔵人まではいいさ、まだ帝はいらっしゃるんだから。帝のいらっしゃる御所はいいさ、まだ平安時代が残っとる。帝のいらっしゃる、京の都はまだいいさ。武士がやって来ても、平安時代がまだ残っとる。しかし、そこを一歩でも出たら、もう平安時代は終わっとるのよ。大学入ったはいい、就職したもいい、しかし、その会社の中に入ったら自分のやり甲斐だの生き甲斐だのがどこぞにフッ飛んでなんにもなくなっていたというのとおんなじなのじゃよ。

私はね、十九で蔵人になって、それからしばらくして〝左兵衛佐《さひょうえのすけ》〟というポストについた。京都の朝廷の、一人前の貴族のポストだわな。しかし、この当時の〝一人前の貴族〟というものがどんなもんかは、私の書いたものを見てくれたまえよ、ということさ。

まず、**帝**がおられるわな。〝**竹の園生《そのお》**〟というのは、昔中国の皇帝が庭に多くの竹を植えられたことから出た言葉でな、帝のお子様方、更にはお孫様ということじゃよ。帝は特別、そのお血筋も特別で、その下の貴族ということになったらまず〝**一の人**〟——つまり摂政《せっしょう》関白じゃが、これも特別。そしてその次に〝**舎人《とねり》**〟といってな、朝廷で抱えとるガードマンがいる。今の〝ＳＰ〟と思やいいな、これを朝廷から賜わるような貴族もいる。上流の貴族でな、「あんた達は大切だから、朝廷の方で特別にガードマンをつけましょう」という、そういう身分じゃ。同じサラリーマンでも、毎日遠いところを満員電車に揺られて来るのもあれば、会社からお迎えのハイヤーを支給されとる高級エグゼクティブもいると、そういう差じゃな。貴族も〝上等〟と〝並〟があって、〝並〟はもうカスみたいなもんだということじゃ。つまり、この平安以来の京の都には、摂政関白の一族と一部の上流貴族の一派を除いては、もうロクな貴族はいないと言っとるんじゃ。鎌倉だの、それから地方の有力な武士とつながって、大きな面をしている訳の分かんないやつも「貴族でござい」と言っとるが、とんでもございませんよと私は言いたい。言いたかった。

二十五の私が左兵衛佐だったと思いなさい。これはレッキとした朝廷貴族のポストだが、知っとる人は知っとるじゃろう、鎌倉に幕府を作った張本人の源頼朝、こいつのポストが右《う》兵衛佐《ひょうえのすけ》だった。朝廷で〝右〟と〝左〟を比べれば左の方がエライというのが常識だから、私はあの、征夷大将軍の源頼朝よりエライのだ。な？　すごいだろ。すごいと思うか？

ホントに？　一方じゃ鎌倉の将軍にもなるようなポストについとる人間が、京都の御所の中では、「あー、退屈だ、退屈だ」と言っておる。私のことだがね。

私の二十代は、ただの一言〝退屈〟だった。なにしろ蔵人を終えたら、なんにもすることがないんだから。帝の補佐をしたてまつる摂政関白と、その周りについている一部の高級貴族の他は、みィーんな、「枯木も山の賑わい」だった。ただ貴族というだけで、なんの実質もない。なんのすることもない。

ワシが坊主だった時代というのはな、鎌倉幕府が滅んで、それから南北朝の合戦が続く時代だった。南北朝時代というのはな、「我こそは天下の覇者！」と言って下剋上で大騒ぎをする時代よりも前の、争乱の時代じゃな。「我こそは天下の覇者！」で戦国大名が大暴れする乱暴な時代が戦国時代ならば、南北朝というのは「ひょっとしたら俺かな？」といって武士がウロチョロする、そういう時代じゃな。鎌倉幕府が滅びようとする時代には「次はどうなる？」という思惑が色々とひしめいておったが、「次は俺だ！」と言ったお方が一人だけあった。それが言うもオソレオオイ、後醍醐天皇じゃ。

源平の合戦からこちら、鎌倉では源頼朝が幕府を作ってな、世は武士の時代になっとったが、しかし京都にはちゃんと帝もおわした、朝廷もあった。まともに〝貴族〟で看板を張っとられ

るのは〝一の人〟の摂政関白とほんの一握りの上流貴族じゃったが、ともかく朝廷はあった。だからワシも、若い頃は帝にお仕えする蔵人というのをやっとった。やっとったそのワシが暇にまかせて**「退屈で退屈でしょーがない」**と言うぐらいのもんなんじゃから、朝廷というものは大したもんではなくなっとったのじゃが、その鎌倉の幕府がガタガタになった頃に、京にはエライ帝が出られた。後醍醐天皇であらせられるのだがな、この方は、「政治の実権を朝廷に取り戻せ！」というんで、討幕計画を出された。あいにくこれは失敗したのじゃが、しかしそのカイあってか、鎌倉幕府はまもなく倒れると、この後醍醐天皇が日本をたばねられることになる。これが〝建武の中興〟というやつじゃな。まァ、こういうことを言うのもなんじゃが、後醍醐天皇という帝は、失敗したのは一度だが、

しかし成功したことが果たしておありになったのかという、そういうお方でな、新しい日本の政府であった後醍醐天皇の建武の新政も、ほどなくぽしゃってしまうということになるのじゃ。

後醍醐天皇の後に来るのが、足利尊氏の足利幕府じゃがな、キャツメは、後醍醐天皇とは別に、もう一人の帝を立てておった。後醍醐天皇の流れを汲む帝を南朝、足利尊氏の推す方を北朝といってな、同じ日本に二人の帝がおわしますという、とんでもない世の中になった。頼朝は鎌倉に幕府を開いて「こっからこっち、関東は武士の社会ということにさせて下さい」と、まァ言ってみればそんなことをしてだ、独立は宣言しても、別に帝を倒そうだの、もう一人帝を立てようだのはしなかった。武士というものは刀を差し、馬に乗って弓を引いて合戦をするものじゃからゴタゴタが絶えない——そのゴタゴタを裁くのに、どうも都の貴族では力が及ばぬものじゃから「こっちはワシらにやらせて下さい」で、田舎の関東の鎌倉には〝幕府〟というものが出来て、それだけじゃった。

やがて幕府は力を持ち、幕府にゴタゴタを裁いてもらっとった地方の武士も力を持った。力は持ったがしかしまだヴィジョンを持たないというところが、鎌倉時代の最後にあるゴタゴタや、その次に来る南北朝じゃな。中心になれる器のあるやつがおらんのだから困る。そこで「ワシが！」とお出ましになるのが後醍醐天皇なのじゃが、しかしなァ、やはり地方の情勢というものはとんでもなく変わっとるんでな、いくら一天万乗《いってんばんじょう》の君でおわします帝であっても、「世間知らず」という言葉をたてまつるしかないというようなこともある。足利尊氏に寝首をかかれる破目に陥ったのもそこじゃよな。帝は世間知らず、地方の武士はヴィジョン知らずで、まァ、人のいい人間達がお互いに角突き合わせる結果にもなったというようなもんなのじゃな。

わしが坊主になったのは三十ちょい過ぎの頃じゃがな、その頃はまだ鎌倉の幕府も滅んではおらなかった。おらなかったがガタガタで、野心満々のいかがわしい人間があっちこっちでウロウロしとった。鎌倉に幕府が出来て、しかしそれでもまだ京都方がエライと思っとったやつらの天狗の鼻はとうの昔に折れとってな、京都の朝廷でデカイ面をする為には鎌倉の実力者がバックについとらんとなにも出来んという、情けない状態がズーッと続いとった。摂政関白とほんの一握りの上流階級も含めてな、鎌倉の様子ばっかりをうかがっとったのよ。ワシが『徒然草』の中で〝**それより下の方となると、家柄相応なりにさ、時流に乗って得意顔してる**〟と言っとるのは、これじゃな。〝**時流**〟というのは、武士の勢力分布とかいう政治のトレンドじゃわな。京都で出世するということは、そういう武士のご機嫌をうかがうような、いかがわしい人間になることじゃったんだな。ワシの、坊主になる前の二十代の嘆きというのは分かるじゃろう？　そんな中で、「退屈だー、退屈だー」といって、自分の気持なんぞをうっかり書いてみろというんだ。〝**ワケ分かんない内にアブナクなってくんのなッ！**〟だぞ。

『徒然草』とはなんぞやと、その題名の由来を訊かれりゃ、あんた、こりゃ『退屈ノート』という意味なんじゃぞえ。大したたまげた、あー暇だ、世の中腐っとると、私は七百年の昔に、今の若いもんとおんなじ立場におかれてたのよ。**〝そうだよな！　この世に生まれてるんだから、期待してもいい事っていうのは、絶対多くていい筈だよな！〟**と、若い頃のワシの言う気持は、分かるだろ？　〝多くていい筈〟なのに、〝期待してもいい〟筈の、その出世というのが、まーったく意味を持たなかった。

　鎌倉に幕府を開いた源頼朝が右兵衛佐になったのは、やつが十三の時だった。十三の時に右兵衛佐になって、これが平清盛によって伊豆の国に流された。だから、こいつは十三からズーッと右兵衛佐のままだった。鎌倉で幕府を開くようになって、朝廷の方じゃ「もう少しポスト

を上げましょうか？　いくらなんでも右兵衛佐じゃカッコ悪いでしょ」と言って来たのを、頼朝は「いや結構」と言ったから、頼朝はズーッと「佐殿《すけどの》」と呼ばれていた。鎌倉の田舎者の武士なんか、あんた、なんも分からんから、「あー、佐殿は朝廷から肩書をもらっとる、あーアリガタイ、アリガタイ」なんてことを言ってたが、あんた、右兵衛佐なんて、いい家の息子なら十三の中学生にくれてやってもいいポストだよ。それを、大学出た一人前の私がありがたがってだねェ……、ということになるんじゃよ。私と頼朝の間じゃ、百年ばかりの隔たりがあるけども、私なんぞは一人前になった後でも、百年前の中学生とおんなじ肩書だ！　しかも〝その先〟がないッ！　「あーつまらん」と思うだろう？　それが私の、ケンコー法師ではない、ウラベカネヨシの青春時代というものさ。出世

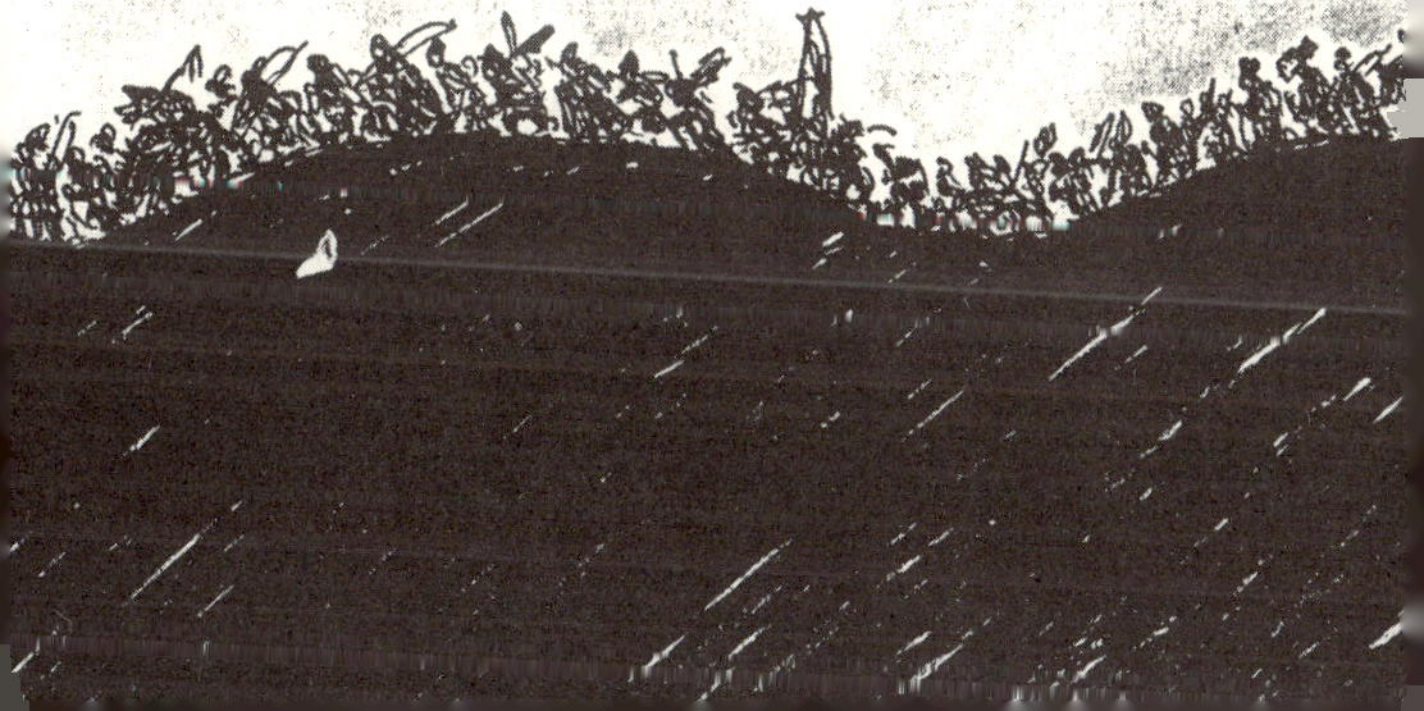

というのを望むんならな、私は別に坊主になんかはならんかったわな。刀持って気取ってイッパシ面しとる武士なんぞに尻ッ尾を振って、都の中産階級貴族をやってたわな。しかしな、私は違ったわな。なーんも未来のない都の貴族社会でな、「人間出世じゃない、品性だ！僕もなんとかなりたい！」と、頑張っておったわな。バカな私というか、かなしい中流貴族青年の純情さというのを見てごらん、「人間こうありたいね」と言ってるじゃないか。

「人間は見た目がすぐれてるのがいいに決まっているけれども、でも生まれつきの容貌や身分じゃない、人間の中身の方は心掛け次第で変わるんじゃないか」ってな。あー、なんてウブなんだろう、なんと純情なんだろう！　なんの未来もない世界でな、「この世に生まれてるんだから、期待してもいい事っていうのは、絶対多くていい筈だよな！」と言っててな。

「私の望みはカクカクです！」なんていう大声を張り上げないでな、「**持っていたいものは、本格的な学識教養——**」とくる。殊勝なことを言ってるじゃないの。若者の健気《けなげ》というのは、こういうもんじゃからなァ……。〝**有職**《ゆうそく》〟というのは、平安以来の朝廷のしきたりに関する知識だわな。「そんなもんだけ持っててなんの役に立つんだ？」って、都の外じゃ武士がわめいてる世の中によ、ああ、「**下戸じゃないっていうのが絶対、男はよし！　だな**」なんて言ってるぜー。ワシはな、そんなアホばっかりの世の中でよ、自分が一人の男で、一人の男以外の何ものでもないと思ったんだな。「そう思おう！　そう思いたい、それしか道はない！」と思ったんじゃな。

世の中、〝男〟といえば武士の野蛮だけじゃどうしようもない。品だの教養だの美学だのが取柄だった筈の貴族は、その武士の顔色をうかがって、ロクでもないものに成り下がっておる。「俺やだね！」と言って、世の中ポーンと捨てちまったチンケな下っ端貴族がいたと思いねェ。そいつが俺よ、オイラだよ。

なァ、あんたらの時代の七百年前だ。まだ「個人の哲学」なんてーものはなかったのよ。まだ「武士道」なんちゅー男の美学もなかったのよ。そういう時代によ、そういうことを問題にしたがってた青年が一人おりましたってな、それがオイラのことなのよ。「男カネヨシどこへ行く」ってな、少しは応援してちょうだいな。七百年前の〝青春の彷徨〟だぜェ！

【第三段】

よろづにいみじくとも、色好《いろこの》まざらん男はいとさうざうしく、玉の巵《さかづき》の当《そこ》なきここちぞすべき。

露霜《つゆしも》にしほたれて、所さだめずまどひ歩《あり》き、親のいさめ世の謗《そし》りをつつむに心のいとまなく、あふさきるさに思ひみだれ、さるは、独寝《ひとりね》がちにまどろむ夜なきこそをかしけれ。

さりとて、ひたすらたはれたる方《かた》にはあらで、女にたやすからず思はれんこそ、あらまほしかるべきわざなれ。

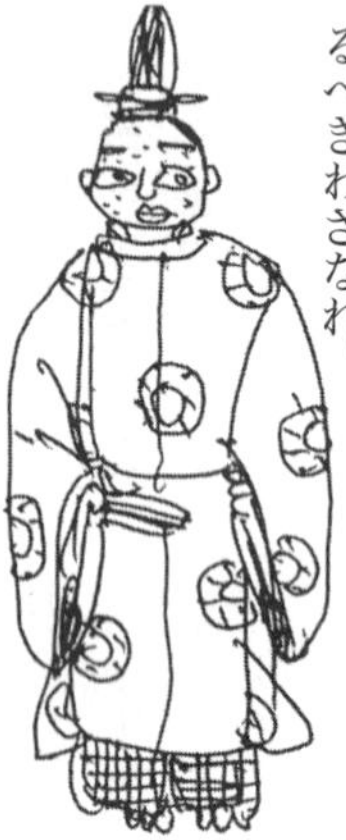

すべてに一流でも色好みじゃない男は、すっげェハンパで、玉の盃《さかずき》に底がない感じってするんじゃないの。

露や霜でグズグズ濡れて、行くあてなしにフラフラ歩いて、親の文句や世間の非難を気にするから安心する余裕がなくて、ああだこうだで頭はグジャグジャになって、それでもひとり寝ばっかりでぐっすり眠れる夜はないっていうのが絶対、感じ出てるよなァ。

それでもひたすらのバカスケベじゃなくて、女に「ただもんじゃないわね」って思われるっていうのが、これ絶対、理想のあり方なんだよなァ！

第三段の註

どんな男でも、風雅の道を解さん男はだめじゃな。風雅の道の究極は男と女のこと。つまり色好みということになる。恋をしない男はだめじゃな。見た目はいい男だが真面目なだけのつまんない男のことを、江戸時代には「玉の盃底なし男」と言っとった。私の文章のいただきじゃな。あんたらは教科書でしか私の書いたもんを知らんから、こういう重要なことを知らんのじゃがね、江戸時代の人間なんかは、相当わしの本を読んどったみたいだわな。

〝**玉の盃**〟というのは、玉《ぎょく》と呼ばれる貴重な石を彫って作った盃じゃわな。それの底がぬけとるんじゃから、なんの役にも立たんという訳じゃ。

まァ、あんたらも〝ナンパ〟と称してナカナカの色好みではあるそうじゃが、しかし甘いのォ。「彼女ォ、お茶しない?」で色好みになっとったら、これはもう、甘い甘いじゃ。なにしろワシらの時代には、まともな恋愛の対象になるような女は、町なんかは歩いとらんかった。広い庭のある広ーいお屋敷の、広ーい部屋の奥にひっそりとうずくまっておった。そういうところに行くのがワシらのナンパじゃな。俗に言うところの〝夜這い〟じゃが。

しかしお前、縁もゆかりもない家に夜の夜中に忍びこんでったら、こりゃ盗人じゃぜ。〝恋盗人〟なんてことも言うがな、人の心を盗むのと、縁もゆかりもない家のお嬢さんを手にかけるのとはまったく違うことじゃからな。どこそこの家には評判の娘がいるという話を聞きつけたら、なんとかしてその娘と知り合いになれるようなきっかけはないかと、手づるというものを探したんじゃ。お屋敷の奥深く大切にかしずかれとるお嬢さんには、女房と呼ばれる召使いの女がついとるからな、そういう女と関わり合いになって、「なんとかして僕の手紙渡してもらえないかなァ、一回でいいからお嬢さんに会いたいんだよォ」なんてことを頼みこむんじゃ。私らの恋の道っつうもんは、まず和歌を詠《よ》む、手紙を書くということから始まったんじゃがな、それが出来ねば恋もヘッタクレもない。「彼女ォ、お茶しない？」ですんどるのは、恋なんつうもんではないわな。陰で女どもに「バァカ」と笑われるのがオチじゃわな。恋というものは、ある意味で命がけの、己を磨くわざでもあるからな。

夜中に行くわな。「確かにここの戸を開けといてくれることになってたんだがなァ」とか思ってな、夜中にたった一人で、豪壮なお屋敷の、開きもしないひっそりと閉まりっぱなしのドアの前でズーッと立っとるんじゃ。さもなかったらな、別になんの約束もしとる訳ではないんじゃが、「あそこに働いてる女房は知ってるから、あいつにちょっと話つけてみよう」なんてことを思ってな、夜そっと女達のいる部屋に石なんかコツンとぶつけるんじゃ。それに気がついて女が出て来てくれりゃいいが、「なァに？」「どうせまた例の男よ」なんてことを部屋ン中で言われてりゃ、夜の夜中はシーンとしたまんま。これがそのまんま、ひたすらにシンシンと夜はふけて行ってな、恋に足をとられてなーんも分からなくなった男は、ただ夜の中でシーンと突っ立ってるだけなんじゃな。夏の明け方が近くなれば夜露も下りて来る。冬ともなれば霜が降りて来る。恋にとっつかれて「ここの彼女はどうかな……」、あそこにそういえば素敵な人がいるとかって聞いたけど……」なんぞと、あっちフラフラ、こっちフラフラ。あんたらの時代にゃマイカーやらバイクとかいうものやらがあるらしいから、エンジンキイを回して「じゃ、あっち行ってみよう」なんてことになるかもしらんが、わしらの時代はただ歩いてトボトボだかんね。暗い夜道に外灯もなく、コンビニエンスストアの影もなく、「ああ、今日もふられちゃった……」とか思ってな、トボトボ歩いとるからよ、気がつきゃ夜露や霜がくっついて、着るものはグッショリ濡れて、グズグズのくったくたという訳じゃや。

夜中になるとどこへ行くのか、息子は毎晩ほっつき歩いて、昼の間はしけた面してグッタリ寝てるってことになりゃ、親だって「勉強もしねェでこいつはなにやってんだ」と思うしな。それでいいとこの娘でも摑まえりゃまた話は別だろうが、一日中しけた面のまんまで半年もいりゃ「こいつはまたふられてふられてふられっ放しだな」ってなことはバレっ放しだな。親だけじゃないぞ。女はおしゃべりだからな、こっちが「頼むよ、絶対、今日行くからドア開けといてよ」とかって言っといた相手も知らん顔しててな、しけたこっちには鼻も引っかけないで、いいとこのお坊ちゃんに「困りますわァ、ホントに困りますわァ、ホントに困りますから、ちょっとだけなら……」とかやってな。そういう男が中に来てる時に、こっちが「今晩は……」みたいにドアなんか叩いてみろ、いい笑いもんだわな。「昨日の晩はさる所で、あなたの声によく似た猫を見ましたが、はて……」なんてことを、男の社会じゃ言われんのよ。親は文句言うわ、世間は笑うわ。笑われりゃ笑われた分だけ「なにくそ、絶対にこの恋はものにしてやる！」なんてな、よけいグズグズのクッタクタに拍車をかけるだけの次第になる。マメに出歩けば出歩くほど、声をかければかけるほど、成果のないことだけが際立ってな、一人で悶々として眠れない夜ばっかりをすごすことになるんじゃよ。

どうだ？　ここまで言えば思い当たることがあるじゃろう。玉の盃の、底のくっついとる男なら。な？　いいことなんかあるまいが？　悶々とするだけじゃろうが？　それで

もな、たった一つの救いがあるというのは、お若いの――若い内というものは「恋というものはこういうものなんだ、青春というのは、こういう風に苦しいんだ」と、思いこめることじゃな。恋の気分は自己陶酔――それが唯一の救いというようなもんじゃな。第一ワシがそうじゃった。ワシは、「もてないで悶々としてたんだ！」と言っとるんじゃないからな。そういう恋の悶々が、「**絶対、感じ出てるよなァ！**」と言っておる。「自分は若いんだから、若い時には、恋のみじめがサマになるような男でいたいなァ」と言っておる。そして、そういう自分が女に評価されて、ただの〝**バカスケベ**〟じゃない、女には絶対に「**ただもんじゃないわね**」と思われるような男でいたい、いるべきだ――じゃなかったらだめなんだと信じとる。理想と自己陶酔が一つになるというのが若さの欠点じゃが、恋の道の醍醐味というのも同じじゃわな。

恋をしなされや。して、愚かに酔いなされや。それが男を強くするのじゃからな。チマチマとまとまっていてはいかんな。男は、愚かを乗り越えて大きくなるんじゃからな。

【第四段】

後《のち》の世のこと心に忘れず、仏《ほとけ》の道うとからぬ、こころにくし。

来世のことを胸に刻んで、仏の道に
無関心じゃないの、いいよなァ。

第四段の註

俺もワケ分かんねェこと言ってんなァ。「来世のことを胸に刻んで、仏の道に無関心じゃないの、いいよなァ」って、別に俺は『大霊界』じゃねェけどな。「仏の道に無関心じゃないの、いいよなァ」って、そんなこと坊主になっちまえば当たり前だっつうの！　まァな、この頃は俺もまだ坊主じゃなかったし、坊主になるつもりもなかったから、坊主となった後から見りゃヘンな文章だがよ、若い時はこう言っとった。「その気はないけど、本気の世界に一応憧れるだけは憧れる」っていうのを、若い内はやるわな。〝知的〟がファッションでな、ワシも若い時はそれ。〝来世〟って言葉使うと『大霊界』になっちまうがよ、ワシがここで言ってること

はな、「現実的なことだけじゃなくって、深い思想も頭の隅にでもおいといて、死ぬ時には悔いがないようにしときたいな」なんてことだわな。まァ、こんなことはまともな人間なら、若い時にはみんな考えとくことよ。ワシが二十過ぎて坊主になったのはな、あんたらから見ると不思議かもしれん、「そんな極端なことしなくても、もう少し他に選択肢ってないの？」とかな。ところで存外、世界というのは狭いもんでな、そうそう選択肢というのはないんじゃよ。ワシらの時代は、やたら世をはかなんで出家するが、あんたらの時代は「日本がいやんなったから外国に行く！」じゃろ。似たようなもんじゃ。あんたらの「日本を捨てる」と、ワシらの「世を捨てる」はおんなじよ。〝世の中〟というのは狭いからな、ちょいとした思いきりで、ポイとその外に出てしまえるんじゃ。

世の中の外に出て何をするか？　何もせんわな。ただ、生臭い現実と距離を置いて、「自分はこれでいいのかな？」と、考えながら生きるんじゃな。ワシらの時代、「この世の中をなんとかしよう！」と思っても、どうもならんもの。ただの若者が「この世の中をなんとかしよう！」なんぞと平気で言えるようになるまで、ワシらの時代から七百年もかかっとる。七百年前のワシらは、限界の中で生きとったのよ。あんたらとは違う。「現世は限界があるから、来世でなんとかしよう」と思って「来世を胸に刻む」のが、七百年前のワシら。「現世をなんとかしなくちゃしょーがねェぞ」と思わにゃいかんのが、七百年後のあんたらな。そこを間違えて、トンチンカンな他人の生き方に憧れなさんなや。アホになるぞ。

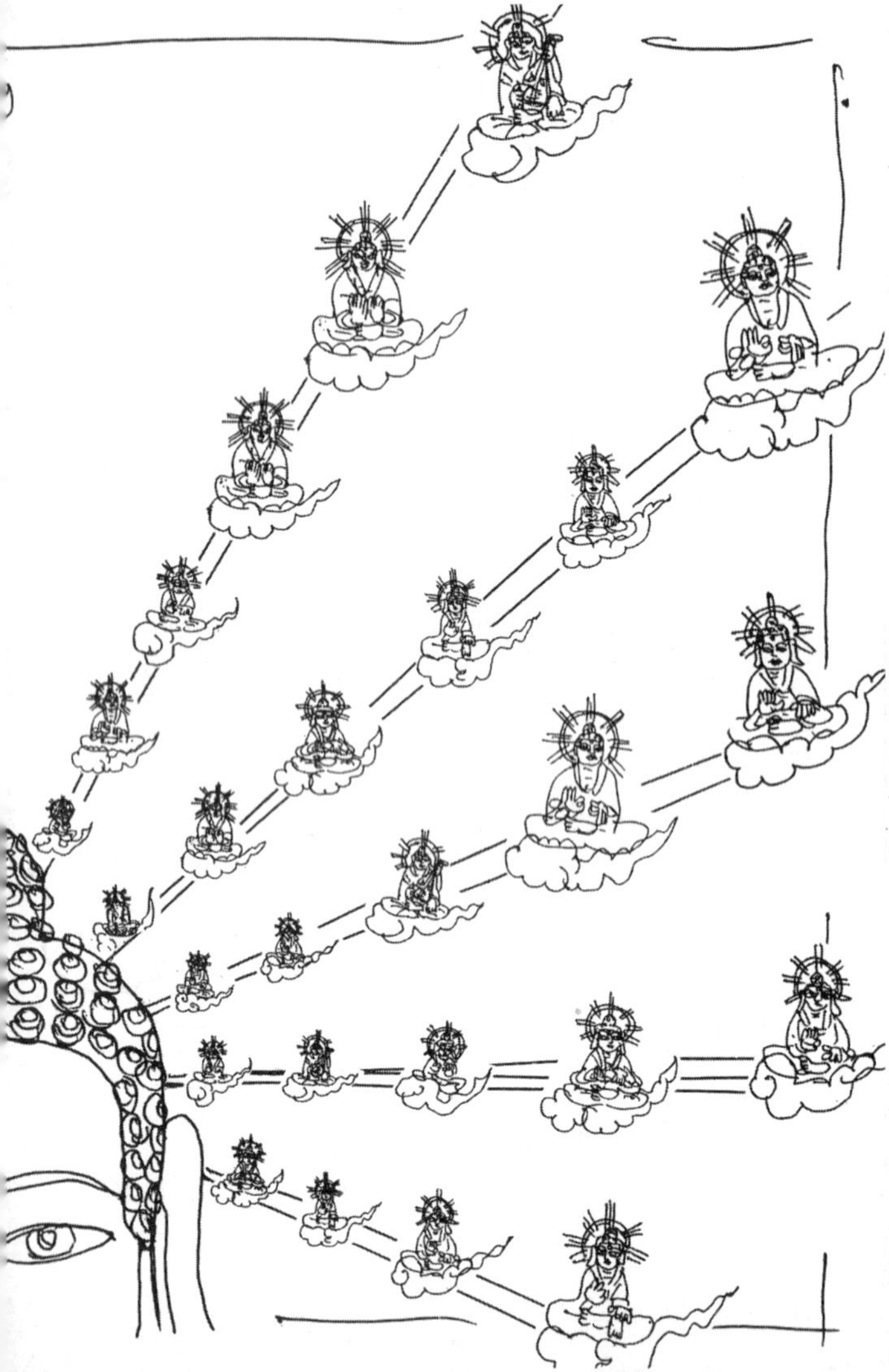

【第五段】

不幸に愁《うれ》へに沈める人の、頭《かしら》おろしなどふつつかに思ひとりたるにはあらで、あるかなきかに門《かど》さしこめて、待つこともなく明かし暮したる、さるかたにあらまほし。

顕基《あきもとの》 中納言《ちゅうなごん》の言ひけん、配所《はいしょ》の月罪なくて見ん事、さも覚えぬべし。

不幸で悩んで落ちこんでる人間は、剃髪《ていはつ》なんかにうっかり走るんじゃなくて、「いるのかいないのか」っていう風に門を閉じっぱなしにして、待つあてなしで毎日を過ごしてるの――そんな風にしててほしいね。

顕基中納言《あきもとのちゅうなごん》が言ったっていう「配所《はいしょ》の月を無実で見たい」って、そんな事なんだろうなって思えちゃうんだな。

第五段の註

若い頃の私は、どうも、坊主になることをこわがってたな。うっかりすると坊主になりそうな自分を直感して、妙に構えてるというかな。王朝文化華やかなりし頃から、人間というもんは、極端な不幸に遭ったりショックを受けたりすると、すぐに剃髪《ていはつ》――髪を下ろして出家ということをやっておったからな、気位の高い文学青年の私としては、そんな〝月並〟がいやだったんだろうな。「みんなすることなんか俺はいやだ！」とか言ってな、イキがっておったんじゃろうな。世を捨てるということを、家ン中で戸を閉めっ放しにしておるのと一緒にしておるからなァ。登校拒否と出家は違うんじゃからなァ。まァ、若い頃の私も、あんた達に分かるように言えば、アパートの部屋ン中で一人でジーッとしてたいというような、そういうアブナイ衝動を抱えて生きとったもんだから、こんなことを言っとるんじゃな。顕基中納言《あきもとのちゅうなごん》というお人はちょっと変わった趣味人でな、まァ、昔の王朝の人だから、ノンキなことを言うとったが、〝配所《はいしょ》〟というのは島流しになった場所じゃ。「配所の月を見る」というたら、菅原道真公以来「自分は不本意ながらも罪を着せられてこんなところで一人寂しくしてるよォ」という、お決まりのシチュエーションなんじゃが、「〝犯罪者〟という重ーいレッテルを貼られることなくして、その島流しの寂しい月を眺めていたら、これは一風変わって風流じゃろな」という、これは耽美《たんび》のセリフじゃな——この「**配所の月を無実で見たい**」というのはな。

現実というものを持たない青年というのは、どうも頭でっかちでな。その頭でっかちのくせに〝観念的〟と言われることをどうも嫌うみたいでな、「僕は観念的じゃないやい！　もっと違うことだって分かってるやい！」とか口をとんがらかしてな、別の〝極端〟を持ち出して来るもんなんじゃや。その別の〝極端〟を耽美といってな、観念的とはおんなじことじゃよ。無実の身分で島流しの月を見たってあんた、そんなもんは〝もしももしも〟のシミュレーション——コンピュータゲームとおんなじこっちゃよ。どうも、「坊主ほど羨ましくないもんはないやい！　清少納言だって言ってるやい！」とか、口をとんがらかしとった若い頃の私は、坊主をこわがっていたみたいだな。うっかりなにかっつうと髪を下ろしちゃう——まァ、言うならば手首にやたらカミソリの痕ばっかりある人間がゴマンといたようなのが、私のおった時代でもあればな、「そんな月並な不幸の表現はいやだ！」で耽美に走るのも分かるがな。

「僕はしたたかに現実を知ってるから、安易な不幸とは妥協しない！」で耽美に走るというのは、これもしかし現実認識と耽美主義をごっちゃにしてるだけでな、要は、若い自分の頭に毛がなくなるのをこわがってただけなのかもしれんぞ。出家と若禿げを一緒にしてはいけんのよ。禿げるのを心配するぐらいにつまんないことをくよくよと考えとるんなら、きっぱり坊主になればいい。観念主義に徹すれば現実が見えて来るというのが坊主なんだから、「ウダウダ言ってるんなら、一遍ボーズになれ！」ってなもんだわな。坊主はいいよォ。坊主になったワシだから言えるセリフじゃがな。

【第六段】

わが身のやんごとなからんにも、まして数ならざらんにも、子といふものなくてありなん。

前中書王《さきのちゆうしよわう》・九条太政大臣《くでうのおほきおとど》・花園左大臣《はなぞののさだいじん》、みな族《ぞう》絶えん事を願ひ給へり。染殿大臣《そめどののおとど》も、「子孫おはせぬぞよく侍《はべ》る。末のおくれ給へるはわろき事なり」とぞ、世継《よつぎ》の翁《おきな》の物語には言へる。聖徳太子《しやうとくたいし》の御墓をかねて築《つ》かせ給ひける時も、「ここを切れ、かしこを断《た》て、子孫あらせじと思ふなり」と侍《はべ》りけるとかや。

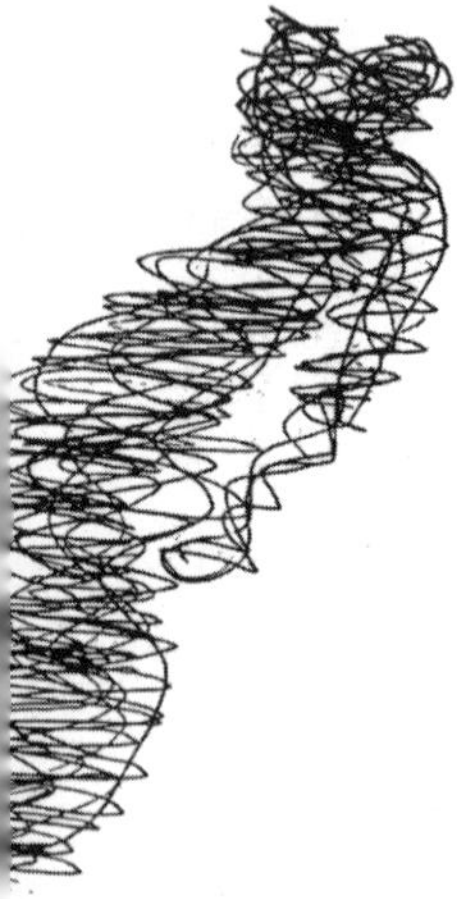

自分が高貴な血筋だっても、じゃなくて結局つまんない身分だっても、子供っていうものはなしでいたい！

前中書王《さきのちゅうしょおう》、九条太政大臣《くじょうのだじょうだいじん》、花園左大臣《はなぞののさだいじん》、みんな血筋が絶えちまうことを願ってらっしゃったってさ。染殿大臣《そめどののだいじん》も「子孫があらっしゃらぬのがようござる。末代が劣ってらっしゃるのはよくないことじゃ」ってさ、『世継《よつぎ》の翁《おきな》の物語』じゃ言われてるぜ。聖徳太子がお墓をあらかじめお作らせになった時も、「ここを切れ、そこを断て、子孫を存在させるつもりはないんだから！」ってことだったんだっていうじゃない。

第六段の註

〝前 中書王《さきのちゅうしょおう》〟っつうのは、平安時代の初めの頃にいた醍醐天皇の皇子でな、兼明《かねあきら》親王って方のことだけどな、〝中務 卿《なかつかさのかみ》〟というポストが朝廷にあって、それを親王がやられることを中国風に言うと〝中書王〟となるってことよ。〝九条 太政大臣《くじょうのだいじょうだいじん》〟というのは、有名な関白藤原道長のお孫さん。〝花園左大臣《はなぞののさだいじん》〟というのは後三条天皇のお孫さんで、親王が臣下に下ったから〝源氏〟だよな。源 有仁《みなもとのありひと》といって、九条太政大臣よりは後の方だが、この人のお屋敷が京の〝花園〟ってところにあったから、花園左大臣。屋敷の名前が〝染殿〟っていったのは、醍醐天皇よりもずっと前の時代の摂政太政大臣である藤原良房《ふじわらのよしふさ》――つまり〝染殿 大臣《そめどののだいじん》〟じゃな。古い順にいけば、染殿大臣↓前中書王↓九条太政大臣↓花園左大臣ということになる。

実の話、前中書王にも九条太政大臣にも子供がいなかった訳じゃない。しかし『今鏡《いまかがみ》』というワタシらの時代の歴史書には「はかばかしい子孫もいなかった」なんてことを言われておる。『今鏡』によれば、花園左大臣は、この前中書王をとっつかまえて「この人の孫なんか見るとどうってことない人間ばっかりだ、自分に子供なんかいてもしょうがないだろう」と言ってたってことになる。花園左大臣は光源氏もどきの美貌で有名な方だったんだが、娘はおったが男の子がなくてな、まァ、なまじっか息子なんてのがいてオッサンじみたりするよりも、光源氏もどきのハンサムだったら、どっか孤独の翳《かげ》でも曳いてる方がいいっていうな、そういうこったろな。

　まァな、若い男のなにが想像しにくいといってな、自分が父親になってる姿というのは一番想像しにくいもんだしな。「俗物にゃなりたくねェ」と思ってりゃ、こりゃなおさらのことよ。しかしそのくせ、父親になる危険性が一番高いことを、女相手にやりたがる年頃も、やっぱり若い内だからなァ……。

　皮肉な笑いでも浮かべたくなるようなもんではあるな。「父親みたいな俗物にはなりたくねエ！」っつうんだったら、父親になっちまいかねないことをやめりゃアいいんだが、まァ、なかなかそうはいくまいて。そうじゃな、そこのお若いの。

　しかしな、ワシらの時代の、ことにエライ方の人になると話はちょいと違うというのはな、父親になるというのは、俗物になるというようなことだけではないんじゃ。まァ、今でもそん

な風に考えとる人間はおるだろうけれども、自分一人の出世・繁栄だけじゃ本物の出世じゃない。それこそ「平家にあらずんば人にあらず」で有名な平家ではないけれども、一族全員皆出世して、更には立派な跡継ぎ息子を持って「ああ、あなたは幸福だ、立派な息子さんもいらっしゃるから、この後もますますお栄えになる」と人に言われて、それでこそ本物の繁栄だっていう風に考えられとったということもあるわな。ヘンなたとえを出すならば、子供なしで当人が出世してるのが〝輝いてる〟ということならば、子供がいての栄耀栄華《えようえいが》は、〝輝いて、その上脂ぎってる〟というようなもんだわな。子供がない方がスッキリしてるという一代限りの〝美学〟はこんなとこからも出て来るんじゃろうがな。

聖徳太子という方は、推古天皇の摂政《せっしょう》になられて、本来ならば帝になられてもちっとも不思議はない方だったのが、一生〝皇子〟のままで終わられた。子供はおられたが、太子がなくなられた後に、これがみんな蘇我《そが》氏に滅ぼされちまったという、悲劇の皇子だわな。しかもこの方が恐ろしいばかりの天才だったということになると、生前に自分の子孫の運命を察知していて、そうなるように自分から取り仕切っていたということになってな、若い、極端な考えをする潔癖な青年には、たまらんばかりのヒーローになるわな。生前に自分の墓を作らせる時にそんなセリフを吐かれたんじゃからな。

しかしところでよ、「**子孫があらっしゃらぬのがようござる**」と、まるでその子孫がロクデナシ揃いみたいな言われ方をしとった〝染殿大臣〟な。そういう話が出て来る『**世継の翁**

の物語』というのは、『今鏡』の前篇をなすような歴史書『大鏡』のことじゃがな。大宅世《おおやのよ》継《つぎ》という、当年とって百九十歳のジイサンが語るという体裁になっとるから、これを通称『世継の翁の物語』というのじゃが、しかし不思議なことよのうというのは、染殿大臣である藤原良房殿はの、確かに男のお子はなかった。ないから甥っ子を養子に迎えられたくらいだが、しかしこの方にはお嬢さんがあって、この方が入内《じゅだい》して生まれたのが清和天皇でな、その御生母は〝染殿大后《そめどののおおきさき》〟と呼ばれて、とんでもない勢いを持たれたのじゃ。まァ、自分の血筋が帝につながってしまうとなると、臣下の身としては〝自分の孫〟とも思えないから、これを〝子孫〟とは言いづらいがよ。しかしじゃ、この染殿大臣のご養子となられた甥っ子の基経《もとつね》様の血筋をたどって行くとな、基経↓忠平《ただひら》↓師輔《もろすけ》↓兼家《かねいえ》と続いて、道隆《みちたか》・道長《みちなが》の兄弟へと至る、摂政関白藤原氏の本流になるんじゃがな。「末代が劣る」ったって、お前ェ、染殿大臣の末代は、位人臣《くらいじんしん》を極めた典型のオンパレードなんだぜェ。まァ、男の子がなくて養子をとったからそうなった、というのかもしらん。実子がいたらどうしようもないロクデナシで、まったく違う一族になっていたのかもしらんがね。男にとってみりゃア、実の息子というもんには、自分が苦労して努力して克服したいいところをゼェーンブだいなしにしてしまう、〝意識せざる暗黒面〟みたいなところもあったりするというようなもんなんじゃろうな。女房も持たぬ子も持たぬ、出家のワシには関係のない話じゃがよ。子供というのはビミョーなもんよ。

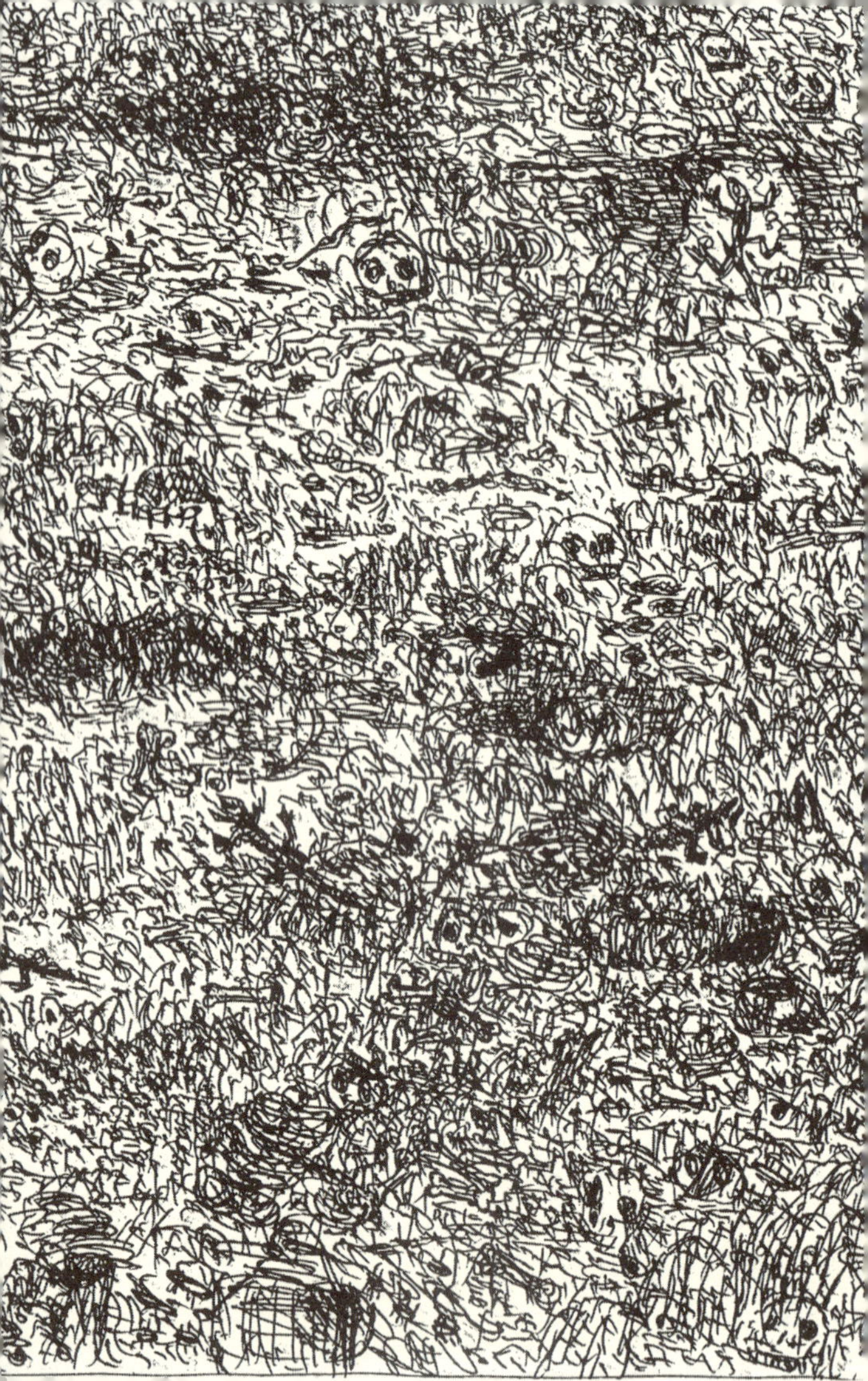

【第七段】

あだし野の露消ゆる時なく、鳥部山《とりべやま》の烟《けぶり》立ちさらでのみ住み果つる習ひならば、いかにもののあはれもなからん。世は定めなきこそいみじけれ。

命あるものを見るに、人ばかり久しきはなし。かげろふの夕《ゆふべ》を待ち、夏の蟬《せみ》の春秋を知らぬもあるぞかし。つくづくと一年《ひととせ》を暮すほどだにも、こよなうのどけしや。飽かず、惜しと思はば、千年《ちとせ》を過《すぐ》すとも一夜《ひとよ》の夢のここちこそせめ。住み果てぬ世にみにくき姿を待ちえて何かはせん。命長ければ辱《はぢ》おほし。長くとも四十《よそぢ》にたらぬほどにて死なんこそ、めやすかるべけれ。そのほど過ぎぬれば、かたちを恥づる心もなく、人にいで交《ま》じはらん事を思ひ、夕《ゆふべ》の陽《ひ》に子孫を愛して、さかゆく末を見んまでの命をあらまし、ひたすら世をむさぼる心のみ深くもののあはれも知らずなりゆくなん、あさましき。

「化野《あだしの》の露が消えないまんま、鳥部山《とりべやま》の煙は立ちっぱなし」で人生を平気で送れるなら、どうしたって〝もののあはれ〟なんかないよな。〝この世は定めなし〟っていうのが、絶対にホントなんだ。

命のあるものを見てると、人間ぐらい長生きはない。蜻蛉《かげろう》が夕暮のゴールを待って、夏の蟬《せみ》が春や秋を知らないっていうのもあるじゃないかよ。ぼんやりと一年を暮らせるんでさえ、とんでもなく平和だよ。「足りない、惜しい」って思えば、千年が過ぎたって一晩の夢って気分にはなるだろうさ。人生を平気で送れない世の中で、醜い姿を結果手に入れてどうすんの？　命長ければ辱《はじ》多し！　長くたって四十にならないぐらいで死んじゃうっていうのがホント、無難なんじゃないのか。そこら辺を過ぎちゃえば、見た目を恥ずかしがる気持もなくなって、人付き合いばっかりを考えて、タソガレのくせに子や孫に執着して、バンバンザイの将来が見られるだけの寿命を望んで、ひたすら欲の皮ばっかりをつっぱらせてもののあはれにも無関心になって行くのな。あッさましいよッ！

第七段の註

悪かったよなァ、ホントになァ。四十すぎまで生きててなァ。俺は、七十まで生きてたもんなァ。昔はこんなこと思ってたんだよなァと、思いまさァね。俺はなァというか、俺もなァというか――。

大体、モノを考える若いやつは、自分が若くなくなった時がどんなもんなのか、よく分からない。さっぱり分からない。十五の坊やなら、自分が三十になった時なんか、まったく想像出来ない。二十歳の坊やなら、自分が三十になった時のことがなんとなく分かるような気がするから、決して想像したくないと思う。三十がそうなんだから、四十なんぞというものはましてや、だ。ところが人間、四十になるんだなァ。まだ老いぼれてもいない、しかしもう若くなんかはどう転がったって全然ない。生臭いばっかりで、しかしその生臭さを処理しきれずに、しかし自分じゃどっか達観したと思っている――その中途半端さが、〝若い〟と言われるような年頃のやつらから見るとウソくさくってウソくさくってたまらねェってな。私も若い時にそう思っていた。だからそう書いたのだ――「**長くたって四十にならないぐらいで死んじゃうっていうのがホント、無難なんじゃやないのか**」と。

四十になる前に死んじまってたらよかったのになァ――なんてことを若い内に思ってってな、

でもそれでも平気で生きてるやつは、やっぱりゴマンといるんじゃよ。しかしなァ、そういうオッサンというものは、なぜか知らん、どっか影が薄いもんでな、あんまし若いヤツの目には入らんのよ。

「ウットォシイ、ああ、やだ！　年取ってもう先だって見えてるのに、まだ現役面してシャカシャカ人前に出て来て、イッパシに人づき合いなんてしようと思ってやがんのォ」とかな、「自分のことなんかもう期待出来ねェから、ガキのことばっかり気にしてやんのォ！　テメエの息子なんかロクなもんになる訳ァねェだろォ！」とかな、「なんだってあいつはアアもガツガツしてんだよ、なにかっつうと〝自分！　自分！〟で、少しは人のことも考えろよなッ！」なんてことを若いヤツらから言われてるようなオッサンというのはよ、若い内は、なーんも考えてねェのよ。若い内には先のことなんかなんにも考えられなくてな、一人前の年になってからやっと、少しは自分のことも考えられるようになったのよ。

やっと、その年になって〝精力〟なんつうものも湧いて来たのよ。湧いて来たはいいが、なにをどう考えていいもんか分からないからよ、センシティブなヤングとかっつうのにイライライライラ嫌われるんだわ。まァな、中年男が嫌いだっつうのは若い娘の特性だけどもよ、中には中年男が嫌いだっつう、若い男もいるんだわさ。フツーの若い男はそんなことなーんも考えんわな。考えんで、初めっから中身はチューネンのまんまという〝若者〟もおるんじゃわ。初めっから中身が中年男の若者と、中身は若い娘みたいな若い男と、〝若い男〟っつうたら、この二種類しかいないんじゃわな。不本意じゃろうが、そういうもんだわ。

世の中がまともに動いとればよ、中年男がどうなろうとこうなろうと、別に若い男は動じたりもせんわな。「僕はあんな風にならない！」だけですむわな。やることやってりゃええんじゃもの。「僕はもっとカッコいい中年になって、絶対に人に〝チューネンオトコォ〜〟なんてことは言わせない！」なんてことを思えばええわ。「四十になる前に死ぬ！」なんてことは、思わんわな。そういうことを〝自己疎外〟と言うんだがよ、そんな考えに行き当たりがちの若いヤツというのがまた、自分をいいもんだと思うんだわな。「若くてこんなにも感受性のすぐれてる自分はマル！」とな。しかしな、そう思って、でもそう思う自分が、実際果たしてどこまで行けるかは、分からない。考えると自信はなくなるもんじゃからよ、わざわざみっともない中年像ばっかり発見して文句をつけるんじゃ。気に入らないものをわざわざ探してな、「自分はそうなる筈なんかないんだから、キチンと、若くてきれいな内に死んじゃおう、自分には出来る」と、とんでもないことを考える。「そりゃもう、自分は浅ましいチューネン男になんかなりっこないと思う――なぜならば、世の中の本質とは〝あはれ〟で〝定めなし〟だからだ」ってな。「他のボンクラの中年男はそんなこと気がつかないだろうけど、センシティブな僕は知っている、世の中はうつろいやすくってはかないんだ！」ってな。そう思って世紀末しちゃうんだがな。

しかし、そんなヘンテコリンな考え方をしてる人間が自分一人だってこと、そういう若者は認めない。自分一人がそんなヘンテコリンなことを考えてるからこそ、ブツクサと文句言っとる訳なんじゃがの。

〝化野《あだしの》〟っつうのは、京都の〝墓場〟じゃわな。ちゃんと火葬にするだけの余裕のないやつが、ここへ来て死体をほっぽり出してったんだわな。ところで「化野」というのは、別の字を当てれば「徒《あだ》・し・野」になるわな。〝徒〟というのは〝仮の〟とか〝ウソクサイ〟というような意味じゃわな。〝し〟というのは勿論〝強意の助詞〟というやつでな、だから「アダし野」というのは、「化野」という京の地名と、それから、嘘くさいこの世の中の野っ原」というそんな意味もあるんじゃな。まァ、「化野」という地名が、そもそもそんな意味をこめて呼ばれるようになったといった方がよいかな。なにしろ、人間の死体が放っぽり出してあるようなところなんじゃからな、化野の死体にしてみれば「現実の嘘つきィ！」と言いたいようなところじゃろう。

まァ、ワシが何を言いたいのかはよく分からんかもしれんが、その化野の草に、夜露だの朝露だのは降りるわな。それが、人の死を悲しむ自然の涙とするわな。それが、昼太陽がさせば乾くわな。消えぬ涙もいつかは乾く――それがこの世のさだめだわな。ワシらの時代の言葉で言えば〝世の習《なら》ひ〟な。それが化野で、次は〝鳥部山《とりべやま》〟じゃな。ここは都の火葬場じゃな。別にここに建物が建っておった訳じゃない。人に頼んで、死人を火葬にする余裕のあるもんは、ここの野っ原に薪を積み上げて、そこで火葬にしてもらった。その骨をキチンと墓に葬ったものもあれば、そこら辺に捨てっ放しということもあった。だから、都から鳥部山の方を見ると、細い煙が上がって行くのが見える時もあったのかもしらんが、まァ、都の人はそんなもんは見んわな。ただ「鳥部山」と言ったら「煙の上がる所」「死人の煙」と思っとるだけの人も多かったじゃろう。その鳥部山で煙が上がる――人を焼いとるんじゃな――焼きつくせば煙もおさまる。煙が上がっとる間は「ああ、あの人が……」と死んだ人の思い出で胸が熱くもなろうやはしれぬが、その煙がやがて薄れて空の彼方に立ち消えになってしまえば、死者を思うよすがもなくなってしまうこと、化野の草に降りた露の消えて行くことと同じじゃ。「化野の涙が消えず、鳥部山の煙も消えないいまんまで、そういう前提の中でもし人間が一生をまっとうすることになったら、もののあはれもへったくれもないじゃないか、この世は移ろいやすくて哀れなのがホントだ」と、若い時のワシは言っとる訳じゃな。

これを書いた時は、ワシもまだ三十になっとらんかったろう。あんたら、このワシの若い時に書いた文章がまともなもんだと思うか？ 化野でな、死体が捨ててあって、草の上には涙が落ちて、鳥部山にははかない煙が上がってという道具立ては〝もののあはれ〟の〝無常〟の〝はかなさ〟だがよ、それで〝人生の哀感〟が「よく出来ました」と書けとるように見えるがよ、しかしよーく考えてみい、こいつの言っとることはムチャクチャじゃぞ。

「鳥部山の煙が濃いままで消えなかったらこの世にあはれはない」と言っとる。お前、メチャクチャ言うなよなというのはよ、〝あはれ〟っつったら、それこそ、都のはずれにある鳥部山に時折煙が立ちのぼることじゃろうが。平和な暮しにフッと空を見ると、鳥部山にかすかに煙が立ちのぼっているのが見える――「ああ、またどこかの誰かが死んだのか……」と思う。「この世ははかないなァ……」と思うのはそんな時じゃろ？　ところがこいつ――「四十になんないで死んじゃうのがマシ」と言っておった若い時のワシの言うことは、どうも違う。こいつは、火葬の煙をオモチャにしとる。「鳥部山に火葬の煙が上がりっ放しだったら」って、お前、応仁の乱で都は焼け野原になって、どこでもかしこでも煙が上がりっ放しっていうのは、あたしの時代から百年も後の話だけども、うっかりそんなとんでもない終末状況を思い浮かべちまうじゃないか。都のはずれの山ふところが、ほとんど高度成長期の公害都市のように煙突の煙が上がりっぱなしなんてことを想像してよ、「そうなったらあはれもないよなァ」もヘッタクレもなかろうが？　ところが、こいつのやっとることはそれじゃな。「化野の露が消える」もそれじゃな。じゃァよ、化野の露が消えなかったら〝あはれ〟じゃないのか？　人の死骸が無残に投げ棄てられている場所の草木が、いつも露に濡れておったら、それこそが〝あはれ〟じゃわな。オカルトというのは、お前さんらの頭じゃな。

まァ、こいつの言うことは分かるわな――言うことというか、言わんとすることはな。

「人の命ははかなく、この世だってはかないのがホントだっていうのに、でも厚顔無恥のオッサン連中は、そんなこと知らん顔で、自分のことばっかり考えてる！」とな。まァ、なにが言いたくてなにを言えなかったかをこっそりと付け足してしまえば、若い頃の私は、「僕ってせつない、この世の中がいやだ、だって、誰も僕のことを分かってくれない！」だわな。

しかしな、そんな自分の気持をそのまんま素直に出せる言葉というものはな、どこにでもありそうで、ないもんじゃぞ。自分の思っておることを言葉にするのは、難しいもんじゃぞ。まず若い内に一番分からんのは、その言葉にしたい〝自分の気持〟じゃからな。それが分かっているつもりなんじゃが、実はよく考えて行くと分からなくなってしまう。少女趣味という言葉を持ち出すと酷になってしまうが、「私って、こんなにこんなにつらいの、ウッウッウッ……」と書いていけば、ご当人はすっかりその気になってしまう。悲しいということはなにやら〝美しい〟ことでもあるしな――特に、「中年になって腹が出たり背中が曲ったり頭が薄くなったり顔の艶が悪くなってくのなんかいやだ！」と思ってる、若いという年頃はな。

ワシの若い頃というのは、何遍も言うようじゃが、若い下っ端貴族というか官僚にとっては、自分の勤めている朝廷というものが、なーんの希望も与えてくれんようになっていた。そういう時代じゃった。「先に希望なんてないな。どう考えたってないな。僕の未来って、あんなオッサンになってくだけなんだな」と思ってる〝青年〟はよ、「絶対にそうなりたくない！」と思って、「僕は美しいんだ！」と思うじゃろ。思いこもうとするじゃろうが。若い男がセツナ的にオシャレをする時代というのは、そういうもんじゃな。真実と耽美《たんび》をゴッチャにしてな、うっとりしながらジリジリ怒っとるもんじゃ。お前さんはそんなことないか？　なければいいがの。

うっかり「化野の――」なんて言い出してしまうとな、これだけでもう、胸は〝無常感〟で一杯になるんじゃな。そして、「でも僕は、そんな無常感に負けないぞ！　僕は明晰《めいせき》なんだぞ！」と思ってしまうとな、「化野の露だっていつかは乾いてしまう、なんてせつないんだ」ですむところをな、「化野の露が消えないまんまで一生が続くんなら」という、ワケの分からん展開に走ってしまうんじゃな。「化野」は地名じゃが、深く考えてしまえば、その先に「嘘臭いこの世」というイメージが見えるじゃろ？　日本語というのはな、どうしても〝美文〟という考え方を捨てきれないところがあってな、書き出しに凝ってしまう。凝って美しくなって、その結果手に負えないイメージを作り出してしまうこともある。「化野の露が消えない」ならまだしも、「鳥部山の煙は公害なみ」というのは、ちょっととんでもないイメージだわな。化野とくれば鳥部山、〝露は消えぬ〟となりゃ〝煙も消えぬ〟でな、こういう文章の作りを対句というんじゃがの、そういう風に美しく〝無常〟をつかまえすぎたもんじゃからの、最後につりあいがとれなくなって、「中年のバカヤロー！」に行くんじゃわ。ま、それが青春よ。そういうこと言ってた青年もやがて四十を越してな、ここにこうやって、クソ坊主のジジイで平然と生きとる訳じゃから、越えてみないと分からん関所は、あるもんなのじゃよ、お若いの。

【第八段】

世の人の心まどはす事、色欲《しきよく》にはしかず。人の心は愚かなるものかな。

匂ひなどは仮のものなるに、しばらく衣裳《いしやう》に薫物《たきもの》すと知りながら、えならぬ匂ひには必ず心ときめきするものなり。

久米《くめ》の仙人《せんにん》の、物洗ふ女の脛《はぎ》の白きを見て通《つう》を失ひけんは、誠に、手足はだへなどの清らに肥えあぶらづきたらんは外《ほか》の色ならねば、さもあらんかし。

＊＊＊

世間の人間の心を惑わすもの——色欲しかない！　人間の心って、愚かなもんだよな。

匂いなんかはかりそめのもんなのに、ちらっと衣装に薫《た》きつけてるって分かっていてもさ、なんともいえない匂いには決まって胸がドキドキするもんなんだから。

久米《くめ》の仙人が洗濯してる女の脚の白いのを見て神通力を失ったっていうけど、実際、手足や肌なんかがきれいにムッチリ脂がのっちゃってるのは人工着色じゃないからね、そういうことにもなるってことね。

第八段の註

若いのォ……。あーあ、若いのォ……。

色好みは風雅の道ったってなァ、男と女の色恋沙汰が、そればっかりでもつかよなァ。若いんだもんなァ。私も若い頃はそうだった。もう、なにかっちゅうとドキッときてな。

「なにかというとボクの体は反応してしまうのですが、僕は情欲の権化なのでしょうか？」と、一人で人生相談されたがってるそこのお若いの、男はみんなそうなんだから、心配しなさんな。

道行く若い女の髪の匂いがすれ違いざま鼻にかかってドキッ——。その女が髪をかき上げる拍子に、腕のつけ根の肌の白さがフッと目に入ったら、これまたその拍子にドキッと。これはもう、昔っから決まっとるのよ。吉野の山奥に**久米の仙人**という人がおってな、山奥の寺にとじこもってひたすら修行に励んだ結果、遂に空が飛べるようになった。その仙人が自由自在に雲に乗って空を渡って行くその途中にふと下界を見ると、足下の吉野川では洗濯しておる女がいる。着物の裾をたくし上げて、川の中に入って、ジャブジャブとやっておる。普段女は、着物の裾で脚なんか隠しておるもんだが、それが川の中に入って濡れないようにと、ふくらはぎなんかを剝《む》き出しにしとったから、こりゃいかん、そのムッチリとした白さに目を射抜かれた仙人は、そのまんま下界へ落っこってしまった。落っこった仙人がその後どうなったかという話は誰もしやせんがな、エライ仙人でも女のふくらはぎの白さにドキッとなって我を忘れるという、その話を聞いただけで、男という男は、みーんな納得するもんなんじゃよ。スケベもへったくれもなくて、男はみんなそういうもんなんだから、しょーがねーの。

【第九段】

女は、髪のめでたからんこそ人の目たつべかめれ。人のほど心ばへなどは、もの言ひたるけはひにこそ、物越しにも知らるれ。

ことにふれて、うちあるさまにも人の心を惑はし、すべて、女のうちとけたる寝《い》も寝《ね》ず、身を惜しとも思ひたらず、堪《た》ゆべくもあらぬわざにもよく堪へ忍ぶは、ただ色を思ふがゆゑなり。

まことに愛著《あいぢやく》の道、その根ふかく、源《みなもと》遠し。六塵《ろくぢん》の楽欲《げうよく》、多しといへども、皆厭《えん》離《り》しつべし。その中にただかの惑ひのひとつ止《や》めがたきのみぞ、老いたるも若きも、智あるも愚かなるも、かはる所なしと見ゆる。

されば、女の髪筋《すぢ》をよれる綱には大象《だいざう》もよくつながれ、女の履ける足駄《あしだ》にて作れる笛には秋

の鹿かならず寄るとぞ言ひつたへ侍《はべ》る。みづから戒めて、恐るべくつつしむべきは、この惑ひなり。

＊＊＊

女は髪の毛が立派っていうのが、絶対、人目を引くんだよな。女の身分や気立てなんかは、話をしてる様子でなァ、絶対に、物を通してでも分かるもんなァ。

なにかにつけて、ちょっといる様子でも男の心を惑わして、結局、女が気をゆるして眠るってこともしないで、自分を惜しいとも思ってなくて、堪えられそうもないことにもよく堪えて我慢するのは、ただ色《ソレ》が好きだからなんだな。

実際、愛著《あいじゃく》の道、その根は深く源は遠い！　六塵《ろくじん》の欲望が多いっていっても、みんな拒否出来ちゃう筈だ。その中にこっちの誘惑一つが捨

てにくいっていうのは、年取ったのも若いのもインテリなのもアホなのも、おんなじなんだと思う。

だから——女の髪の毛で撚《よ》った綱には巨象もちゃんと繋げるし、女が履いた下駄で作った笛には秋の鹿も必ず寄って来るっていう風に、言い伝えがあるんだな。

自分から抑えてしっかりと慎むべきは、この誘惑だぞ！

第九段の註

しかし俺は、一応坊主なんだよなァ。現実への執着というか、愛著っていうのを、一応断ち切って修行してる人間なんだけども、こういうことばっかり言っててていいのかよ、ということもあるが、別に、私はナマグサ坊主じゃないんだな。この〝青年篇〟というのは、私が出家する前の若ーい時期に書いたもんなんだ。第三段、第八段、第九段——みィーんな若い内の文章よ。坊主になる前の時期に書いたんだからな、誤解すんなよな。おい、そこの若いの、しょぼくれた坊主が夜露でグショグショになったまんま、若い女の部屋の外でうずくまってるシーンなんざ、想像してくれんなよ。無精髭《ぶしょうひげ》生やした生臭坊主が、若い女の太腿のことだけ考えて悶々としてるなんて、考えてくれるなよ。俺は、ボーズになったって、スタイリストであることは一貫してるんだから、そんなみっともねェ真似は想像してもらいたくなんかねェの！　若い内よ、若い内だけ、悶々としてるのが似合うのは。平気で今の内に悶々としときなさい。悶々としてても若い内なら絵になるから。

しかしまァ、我ながらこの第九段の文章はメチャクチャだよなァ。一体これは自分を戒《いまし》めとる文章なのか、八つ当たりしとる文章なのか分かりゃせんもの。

いいか、そこの若いの。若い内はな、難しいことを言いたがる。難しい言葉を使いたがる。難しい言葉を使って、自分の悶々を慰めたがると、そういうもんなんじゃよ。あんまり、急に自分が頭がよくなったなんて思いなさんな。ただ悶々が急に押し寄せて来たってだけなんだからな。自分の悶々がつのってくると、男は難しい言葉を使いたがる。男は女を、とんでもない神秘の化け物だと思いたがると、ただそれだけのことじゃな。

人間の体には〝六根《ろっこん》〟といって、六つの感覚器官がある。昔、お山に登るということは神聖な世界に近づいて行くことだという考え方があってな、「六根清浄《ろっこんしょうじょう》」と唱えながら登っとったりしたもんじゃが、「六根清浄」ということは、この〝六根〟を浄める――則ち、体のすべてを清めるということなのじゃな。〝六根〟というのは〝目・耳・鼻・舌・身《み》・意《い》〟の六つ、これがそれぞれ一つずつの感覚を管轄しとるというようなもんじゃな。

目がとらえるのを〝色《しき》〟という、耳がとらえるものを〝声《しょう》〟という、鼻は〝香《こう》〟じゃな。舌は〝味《み》〟、身は〝触《そく》〟、意は〝法《ほう》〟ということになっとる。〝身〟と〝意〟の二つが分かりにくいかもしらんが、〝触覚〟を感じとるものが〝身〟――即ち全身の肌身ということじゃな。人間の感覚器官から生まれるものを五感といい、この五感をこえたものを第六感なんぞと俗に言うが、五感というのが〝目・耳・鼻・舌・身〟、第六感が〝意〟であるということは簡単に分かるであろう、な？　それでは第六感の〝意〟というものがなにかといったら、これは「イはイロハのイ♬」ではない、「意は意識の意」じゃ。『ドレミの歌』の節で歌ってみんさい。なァに、お経というものはみんな節のついとるもんじゃから、歌ったところで不真面目でもなんでもない。よいか、「意は意識の意、身は身体の身ィ♬」――すなわち、〝意〟とは人間の脳味噌のことじゃな。人間の脳味噌がとらまえるものが〝法〟、つまりこの世の物事を動かすような、あんた方の言葉でいえば論理とか理屈というようなもんじゃな。別に第六感は超能力のことではない。五感を超えたところにある第六番目は脳味噌のことなんじゃから、第六感におびえとる人間は、つまり脳味噌を使わん人間じゃということだわな。

　それはさておき、目・耳・鼻・舌・肌・脳という、この六根は外からの刺激を受けて、さまざまに迷わされる。話がちっともスケベじゃないからつまらんと思うだろうが、なにしろ私はボーズなんだから、おあいにくさまだった――ま、おいおいそっちの方にも転がっとくから、少しは辛抱しなされや。

この六根を刺激してぐらつかせるものを、**六塵**《ろくじん》という。六つの塵じゃな。先ほど言った〝色・声・香・味・触・法〟というのが六塵。この六塵が六根に刺激をしかけて、欲望という混乱を惹き起こすことを〝**楽欲**《ぎょうよく》〟という。

〝**六塵の欲望**〟というのは、〝六塵の楽欲〟ということじゃな。難しいじゃろ。ワシの話を聞いて、「あー、なんのことやら、脳がワヤクタになってよー分からん」と思ったら、これは〝意〟に六塵の内の〝法〟がくっついたからじゃな。仏教というもんはエエもんじゃろ。決して「お前の頭が悪い」とは言わん。

グルメというのも、これは〝舌〟に六塵の内の〝味〟なる塵がついた結果じゃな。六塵の欲望というのは、様々にあるじゃろうが、その、多い内でも、この〝**色欲**〟と称される〝**愛**《あい》**著**《じゃく》**の道**〟というのはどうにも捨て難い。グルメなんぞというものは、金がなくなればなんともなくなるが、人間のスケベ心というものは切って捨てる訳にゆかんから、始末が悪い。

〝色欲〟というものは、そもそも六根の一つである目にかかる〝色《しき》〟という塵、即ち〝視覚〟に由来することではあったのだが、いつのまにか愛欲、情欲というようなことになってしまった。第八段で「**世間の人間の心を惑わすもの——色欲しかない！**」なんぞと、若い頃のワシは分かったようなことを言っとるが、こやつは〝色欲〟と他の欲望を混同しとるんじゃな。

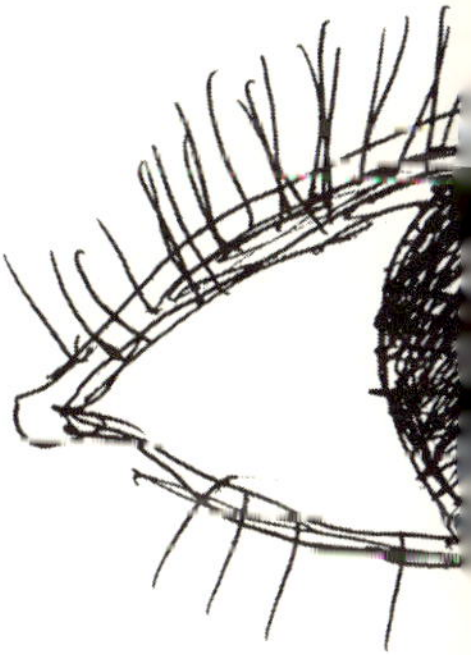

ムリもない、ムリもない。若いんじゃからな。この「ムリもない、ムリもない」というのを「ナムアミダブツ、ナムアミダブツ」という調子で言うと楽になるからな、やってみなさい。あー、ムリもない、ムリもない……。

色欲が愛欲だの情欲だの性欲だの、はては獣欲だのという、ケダモノのレベルにまで落っこってしまったのは、まァいかに人間が見た目に迷わされるかという証拠でもあろうかい。な？　そこでじゃ、若い男を迷わす〝最大の見た目〟はなにかといったら、これはもう女にしくはなし、ということじゃよ。

男のとなりに女が寝ておって、男の方は満ちたりた顔をしてグースカ寝とるが、フッと目覚めて見ると、女の方はつつしみ深く、眠りもせずにジッとしておる。これで、横の女も大口開けて両脚おっ広げてよだれたらしてグースカ高いびきをかいとったら百年の恋も一遍でさめようが、フッと目を覚ましたその横に女がいてな、「どうなさったの、あなた」なんてことを言ってみろてんだ、

「おお、いとしいやつ」てんで、大変でござりますって、俺は坊主か落語家か？

まァいいけどな、そんなもんなのじゃよ。

女はいつでも男を気づかうようにして、男のそばで熟睡もせん。我が身大切を振り捨てて、男のことをまず第一に思う。思われた男の方は「おお、いとしいやつ」と思っとるが、フッと気がつくと、男というのも勝手なもんで「こいつ人間か？　ようやるよなァ」なんぞと、その男につくす女のことを思ってしまう。「俺ならよう出来んぞォ」と思って、「これにはなんか裏があるに違いない」と思うんじゃな。男の我が身としては、この愛欲の煩悩がしつこくもしつこくつきまとって、どうにもならんと思っとるのに、女の方はそんな素振りも見せんとシレーッとしとる。そこで男は考えるんじゃな。「女というものは、とんでもない好き者だ」とな。女というものは、とんでもなく愛欲の情が強いもので「女の髪の毛は象をつなぐ、女の履いた下駄で作った笛は、秋の発情期になって牝鹿を恋い求める牡の鹿を引きつける」というではないか、とな。

まァ、女の執着心の強いということはひとまずおいて、女がなぜしおらしくしておるのかといえば、これは勿論、見栄じゃ。せっかく男がやって来て、自分の隣で寝とるというのに、どうして本性さらけ出して高いびきをかけるかというのじゃ。そんなことをしたら、男は逃げちまう。逃げて、「あれはとんでもないオバタリアン丸出しの女だ」なんて言いふらされたら、女の面目は丸つぶれではないか。高いびきをかいて眠りたかったら、男が帰った後で一人でいくらでも眠りを貪《むさぼ》ればよいのじゃ。神秘もヘッタクレもないわいな。なにが神秘といったら、それは女の計算高さでな、女そのものは神秘でもなんでもないのじゃぞ。

それを分からんというのは、やっぱり、これもまた見栄じゃな。「**自分から抑えてしっかりと慎むべきは、この誘惑だぞ！**」なんてな、まるで私は、若い頃こんなもんを紙に書いて机の前に貼っといたようで恥ずかしいようなもんじゃが、ともかく若い内は、自分がさもさも立派でいいようなもんだと思いたがるのじゃ。自分で自分の混乱をセーブして整理出来るもんだと思うのじゃな。もっとも、こんな気のない男は男の内にも入らんようなクズじゃが、しかし、六塵の欲望をセーブして我慢しても、一つだけ勝手のきかないものがあってな、もう、アソコだけはどうしてよいのか分からない、と。「これはもう、女が悪いのである」と思いたがるのは、〝法〟という六塵にさえぎられた〝意〟の誤りじゃな。なァに、誰のせいでもない。ただ元気がよいだけじゃよ。元気がよすぎて見栄の張りようのない時は、ただもう難しい言葉を使って、ただただ元気に見栄を張りまくるもんじゃな。こんな、第九段なんぞを今時の若い娘が読んだら、さぞかしメチャクチャに言いおろうなァ。

元気は元気でしょうがない。「好きにィ、なったらァ、離れられない♬」と、『東京ドドンパ娘』でも歌うことじゃな。愛著の道とは、正にこの歌の文句にある通りなのじゃから。つまらん見栄を張って、難しいことを言いなさんなや、そこのお若いの。元気がいやなら坊主になるか？　坊主になったらやれんのよ。

【第十一段】

神無《かみな》月《づき》のころ栗栖野《くるすの》といふ所を過ぎてある山里にたづね入る事侍《はべ》りしに、遥《はる》かなる苔《こけ》の細道を踏みわけて心ぼそく住みなしたる庵《いほり》あり。木《こ》の葉に埋もるる懸樋《かけひ》のしづくならでは、つゆおとなふものなし。閼伽棚《あかだな》に菊紅葉《もみじ》など折り散らしたる、さすがに住む人のあればなるべし。

かくてもあられけるよとあはれに見るほどに、かなたの庭に大きなる柑子《かうじ》の木の枝もたわわになりたるが、周りをきびしく囲ひたりしこそ、すこしことさめて、この木なからましかばと覚えしか。

神無月《かんなづき》の頃、栗栖野《くるすの》という所を過ぎてある山里に尋ねてく事があったんだけど、ずーっと続く苔《こけ》の細道を踏み分けて、ひっそりと生活してる庵《いおり》があるんだ。木の葉に埋まってる懸樋《かけひ》のしずく以外には、なんにも音を立てるものがないのさ。閼伽棚《あかだな》に菊・紅葉なんかが折って散らかしてあるの――さすがに住む人がいればなんだろうけどさ。「これでもやってけるんだなァ」って、ジーンと見てる内に、向こうの庭に大きな柑子《こうじ》の木が枝もたわわに実ってるんだけどさ、周りをきびしく囲ってあるっていうのがなァ、ちょっと興ざめになって、「この木がなけりゃなァ」って思ったんだけどね。

第十一段の註

聞いたことあるじゃろ？　なんでも、ワシの文章というのは古典の教科書には一番よく載っとって、こいつはその中でもナンバー1とかいうからの。しかし、こんなもんを読んで今の中学生やら高校生になにが分かるっつうんじゃろかな？　エエけどな。

〝神無月《かんなづき》〟っちゅうのは十月じゃわな。ワシらの暦で十月じゃけども、あんたらのカレンダーで行くと十一月になるんじゃそうだな。十月は、日本中の神様がみんな出雲の国に集まるというてな、それで〝神無月〟というのじゃな。しかし逆に出雲の側からいえば、日本中の神様が自分とこにやって来るんじゃから、これは〝神無月〟じゃない。〝神有月《かみありづき》〟といううんじゃそうな。

まだワシの若かった頃じゃな。三十にもならんワシは、都の郊外の栗栖野《くるすの》というところを抜けてその先の山奥を歩いとった。なんでも、あの明智光秀が本能寺の変で織田信長を倒した後に豊臣秀吉に追われ、追われて逃げて、土民の竹槍に命を奪われた場所が〝小栗栖《おぐるす》〟というから、ここの近くでもあろうかいな。

京の都は四方を山に囲まれた盆地じゃからな、都を出て歩いて行けば、すぐ〝山里〟じゃわな。あまり人が通ることもないからじゃろうな、道には美しい苔が生えておる。その先に小さな庵があったんじゃな。庵というのは「掘っ立て小屋」と言ってしまっては身も蓋もないがよ、現実を離れて一人つつましく暮しとる人間が住むための小さな小屋だわな。山の中のワンルームじゃと思えばええわな。ワシらの時代にワンルームで生活するのは、よっぽどの貧乏人か世捨て人だけじゃったんだわな。〝世捨て人〟というのをあんたら風に言えば〝ドロップアウター〟じゃわな。「ケンコーホーシ、職業ドロップアウター!」とは言わんがな、言うても別にかめへんよ。通称〝ドロップアウター〟の世捨て人は、別に〝アーバン・レゲエ〟とか〝ダンボール・ジェンツ〟とか〝ストリート・スリーパー〟のホームレスという訳でもないわな。まァ、ワシはエーゴはよォ分からんで、メチャクチャなこと言うとるかもしらんが、日本のトラディショナルなドロップアウターは、普通ブッディストじゃわな――イエイ!

ふざけとる場合じゃないが、この栗栖野のドロップアウター=世捨て人も、やはりブッディスト――仏教徒の出家じゃった。谷川か、あるいは崖から湧く清水を引いとるんじゃろう、懸《かけ》樋《ひ》といってな、昔の水道パイプじゃわな。簡単に作ろうと思えば、太い竹を切ってきて、それ

をタテに割って、中の節を削ればそのまんま〝水道管〟にはなる。そこに、もう秋も終わって冬の初めでもあるからな、落葉が積もって、夏ならばもう少し勢いよく溢れているであろう懸樋の水もポツリポツリと、静かにしずくを落とすばかりじゃった。中を見ると〝閼伽《あか》棚《だな》〟と言うてな、まァ、さびれた作りの仏壇じゃと思えばよいかな――それがあった。〝閼《あ》伽《か》〟というのは、仏にさしあげる水のことじゃから、まァ大体ささげものはここに置く。菊や紅葉が風雅に色よく咲いておったので、これを仏前に供《そな》えようとしたのが、このドロップアウターのこころざしじゃろう。まだ若かったワシはな、そんな「世捨て人の庵」というものをシゲシゲと見たのはその時が初めてじゃったようなもんじゃから、「これでもやってけるんだなァ」と思ったんじゃ。普通にする人間の暮しというのは、屋敷があって使用人がいてというのが、ワシらの思っとるもんじゃからよ。普通の人間で身の回りの世話をする召使いの類を持たないというのは、ワシらの時代の常識ではありえんのでな、「ようまァこんなところで」と思ったんじゃ。まァ、考えてみればよ、ワシらの時代、山の中だろうと町の中だろうと、電気もなければ水道もない――だから「こんなところ」もヘッタクレもないんじゃがよ。

見ればワンルームの庵で、召使いの住むところもない――だからな、「これでもやってけるんだなァ」と〝一人暮し志望の学生坊っちゃん〟ならぬ、朝廷貴族の下っ端のワシは、世捨て人の実態というのをシゲシゲと見た訳じゃ。

しげしげ見ておるとな、庵の向こうの庭に柑子《こうじ》の木がある。大きなもんでな、枝もたわわに実っておる。柑子というのは勿論ミカンじゃわな。実っとるのはいいが、その周りを見ると厳重に垣根がしてある。「取るな！」の立て札はさすがになかったが、いくらつつましく住んどっても、こんな独占欲丸出しにしとったら全部が台無しじゃないかと思ってな、「いっそこの木がなかったら」と、ワシはまだ若かったんで、そう思ったんじゃ。坊主になった後のワシじゃったらな、かえって「おもしろい……」と思ったかもしらんがの。

だってそうじゃろが。世捨て人じゃとて人間じゃもの、菊や紅葉の花や葉っぱ供えて、水だけ呑んで生きとる訳にもいかんもの。「おお、ミカンもあるか」と思うわな。そこに囲いがしてあればよ、「へエ」とつまらんシャレも出るわいな。「このお人は、ここで欲がお出になったか」となーー「人は様々に、人であることを捨てきれんものよのォ」とかな。そこのところを、「おもしろい……」と思うわな。こちらの虫のいどころが悪うて、「おお、いやだ……」と思うこともあるかもしらんわな。それならそれでじゃ、「人のフリ見てワガフリ直せーーあさましいことにならんように注意しましょう、一つ勉強させていただきました」と思うわな。ムヤミに「この木がなきゃいい！」とは、坊主なら思わんわな。なにも世捨て人のドロップアウターが、感傷過多の若いもんの鑑賞用に生きとる訳でもないからな。

そこら辺が、まだこの頃のワシには分からんかったのじゃな。それに憧れるのと、そうなって生きるのとは、やはり違うんじゃな。生きるというのは、どんな時でも格闘技じゃものな。閼伽棚に菊や紅葉が供えてあるから、それで「美しい……」「風雅……」とばかりは言えんのよ。

お前様、ちょいと考えておみやれ。山奥の庵だぜ。人が訪れもしないような場所に庵を構えておって、それでなんでそんなにも厳重に囲いを作っとるんじゃ？ ワシは若い頃に、たいして人里離れてもおらんところをとんでもない山奥とカン違いしとったのかもしらんな。うっかり、なんの関係もないヤングが入って来て、中覗きこんで「これでもやってけるんだなァ」とジーンとなってるような場所だもの。人里近い庵のミカンは、やはり人里のミカンに近くなる。この若者がジーンとなったついでに、ミカンのありったけをもいで持ってかんとも限らんものな。この世捨て人も世捨て人なら、若者も若者かもしれんわな。

まァ、いかにも〝世捨て人〟らしい住まいをしておると、通りすがりのヤングには「ワケワカンないけど感動した……」なんぞというものがフッと感じられるのかもしらんがな。うっかり〝閼伽棚〟なんぞという、それまで日常生活でお目にかかったこともないような単語に出っくわすと、「難しそう……」と思ってしまう中学生のようにな。

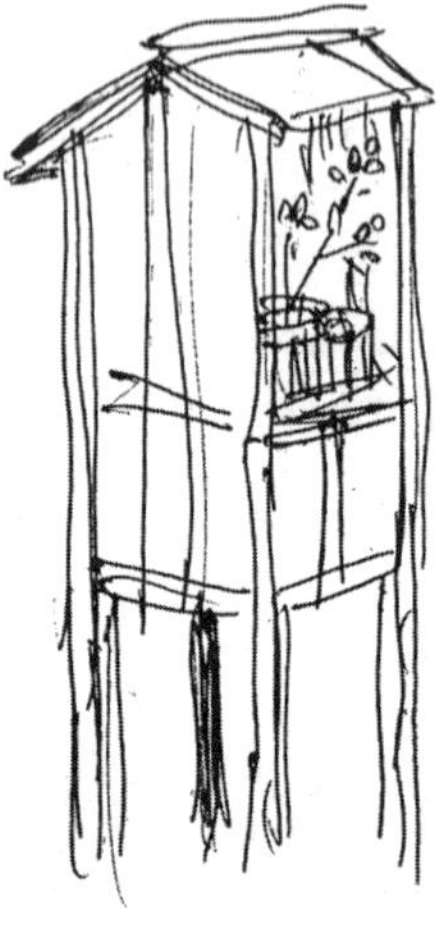

ところで、〝閼伽〟というのは水じゃがの、これは梵語《ぼんご》じゃな。梵語というのは、お釈迦様がみ教えを説かれた、インドの言葉じゃな。インドで「アクア」「アカ」といっとったのをそのまんま漢字に置きかえて〝閼伽〟といった。

インドはインドよな。インドからヒマラヤ通って中国入って、そこからが日本じゃがよ、インドからアラビア通ってギリシアに出れば、その先はヨーロッパよな。インドとヨーロッパは、〝インド・ヨーロッパ語族〟とかいってな、言葉としては、一つの大きな親戚なんじゃそうじゃが、お前さん、〝アクア・ラング〟という言葉を知っておいでか？　〝アクア・マリン〟という宝石を、知っておいでか？　〝アクア・マリン〟というのは、〝海《マリン》の水《アクア》〟という意味じゃな。〝アクア・ラング〟というのは〝水《アクア》の肺《ラング》〟という意味じゃそうな。英語で〝水〟のことを、ちょっと気取っていうと〝ＡＱＵＡ〟——アクアというが、これが〝閼伽〟とおんなじもんなんじゃな。元は英語の薬学の方で、〝水・液体〟というのに「ウォーター」とはいわずに、インドの「アカ」を使っとったのが、「カッコいい」ってなことになって〝アクア・ラング〟〝アクア・マリン〟ということになったんじゃろう。水の中にもぐるダイバーは、〝アクア・ノート〟じゃぞ。ちょっと気取ってみせる時には、どこでも外国語を使って差を見せたいんじゃな。「ひとあじ違うこのニュアンス、きみも閼伽棚《アクア・ボックス》で自由なドロップアウターの生活にふれてみませんか」とかな。別に、ケーハクなつもりはなくとも、少しの違いでジーンとなってしまうのが青春だわな——イエイ！　とかよ。

【第十二段】

同じ心ならん人としめやかに物語して、をかしきことも世のはかなき事もうらなく言ひ慰まんこそうれしかるべきに、さる人あるまじければ、つゆ違《たが》はざらんと向ひゐたらんは、ひとりある心地やせん。

たがひに言はんほどの事をば「げに」と聞くかひあるものから、いささか違《たが》ふ所もあらん人こそ「我はさやは思ふ」など争ひ憎み、「さるから、さぞ」ともうち語らはばつれづれ慰まめと思へど、げには、少しかこつ方も我と等しからざらん人は大方のよしなしごと言はんほどこそあらめ、まめやかの心の友にははるかに隔たる所のありぬべきぞ、わびしきや。

同じ感性を持っていそうな人間としみじみ話をして、楽しいことでもこの世がはかないってことでも、正直に話して満足出来るっていうのが絶対に幸福な筈なのに、そういう人間はいそうにないから、「ともかくズレないようにしよう……」で向かい合ってるのなんて、一人でいるのとおんなじだろうな。

　どっちかが言い出しそうな事を「そうそう！」って聞くのは意味あるけど、少しは違う所がありそうな人間だよな。「俺はそうは思わねェのッ！」なんて、論争になってツッパッて、「だからこうだろッ！」って話し合えちゃえば、退屈でしょうがないのも慰められるんじゃないかとは思うんだけど、実際はね、ちょっとした愚痴でさえ俺とは一致しないような人間じゃァ、テキトーなこと言う程度しかないよな。本当の心の友達とはズーッとかけ離れてるんだろうなって思うと、寂しいよ。

第十二段の註

私は、二十代の青春時代に、なんにもすることがなかった。きっとインテリだったんだろう。あんた達のいう〝文学青年〟とか〝オタク〟というようなものなのかもしれん。世の中は、鎌倉の幕府がガタピシ言っとるもんだから急に騒がしくなって、やがては南北朝の争乱時代に入って行くやもしれんという、そういう時代じゃからね。つまらん欲を出して怪し気な連中とのつきあいでも始めれば、やることなんぞはいくらでもあっただろうさ。ところが私は——都の宮中の下っ端の青年貴族というお恥ずかしい〝つれづれなる青年官僚〟は、そんなことにはまったく関心がなかった。なにをやってたかというと、今のお若い衆ならお分かりかもしらんが、少女マンガを読んどった。まァ、分かりやすく言えばそういうこっちゃが、私は『枕草子』なんぞという、昔の女性《にょしょう》の書いた本を読んどった——。

なんでも、日本の随筆文学の二大傑作は（コホン）『徒然草』に『枕草子』だそうでな、一方は平安時代の女の書いたもの、もう一方は鎌倉時代も下った木の坊主の書いたもんじゃよ。時は天下太平、派手好みの貴族がのどかに豪華に暮しとる時代に、娘っ子はキャピキャピしとったのが平安時代。一方の騒々しい鎌倉時代の終わりには誰もが勢力争いに血まなこになって、上は帝《みかど》から下は武士の輩《やから》の無教養に至るまで、ドタバタガヤガヤ、権力闘争の駆け引きを繰り広げとって、その中でワケの分からん坊主が、アクビまじりのテキトーな文章を書いとったという、そういうこっちゃな。女も坊主も、政治に関係がないといえば関係ない——しかし、しゃしゃり出ようと思えばいくらでもしゃしゃり出られたりもする。だがなア、女と坊主だけが世の中とは無関係なところにいて、好き勝手にノンシャランを決めこんでいるという訳でもないぞ。前途有望な、思慮深く純粋な青年だってこりゃまたしかりだ。要するに、坊主になる前の私のことを言っとるんだがね。元気印の女達とマドギワ印の生臭《なまぐさ》坊主だけが好き勝手なことを書いておる訳じゃない。ウックツした新人類青年だとて、好き勝手なブツクサ文句を言うとるわい。文学青年なんざそんなもの。私も若い時は、難しい顔して少女マンガだの吉本ばななだのを読んどる大学生のようにな、王朝文学全盛期のキャピキャピ女の書いたエッセーを読んどった。「いいなァ自由で」「いいなァ頭よくて」「いいなア、こういう風に自分も文章が書けたらなァ」とかな。『枕草子』と『徒然草』が随筆文学の双璧であるのも当たり前じゃよな。私は相当、若い頃には『枕草子』に入れこんどったからな。

『枕草子』の第二十八段にはこんなことが書いてある——〝つれづれなるをりに、いとあまりむつまじうもあらぬ客人《まらうど》の来て、世の中の物語り、このごろあることとの、をかしきもにくきもあやしきも、これかれにかかりて、公私《おほやけわたくし》おぼつかならず、ききよきほどに語りたる、いと心ゆく心地す〟。これをあんたら風に言うと、〝退屈な時に、すっごくそんなに仲もいいって訳じゃないお客さんが来て世間話をして、最近の出来事の素敵なのもイライラするのもヘンなのも、誰彼の話でもパブリックとプライベートの区別を曖昧《あいまい》にするんじゃなくてちゃんと聞けるようにして話してるの――すっごい満ち足りてる気がする〟になる。

しかしところが、王朝も黄昏れた鎌倉時代も終わりの私には、そんな相手が一人もいない。『枕草子』の第百七十三段じゃ、「雪がうっすらと積った夕暮れに同じ感性を持った人間が二三人集まって話をするのが素敵だ」と書いてある。『枕草子』の百七十三段じゃ〝**同じ心な**

る人二三人ばかり〟と言っておってな、ケンコー法師の『徒然草』は〝同じ心ならん人としめやかに物語して〟になる。〝同じ心なる人〟と〝同じ心ならん人〟と〝ん〟の一字が入っただけで、これはもう雲泥の違いになっとるんじゃよ。〝ん〟というのは推量の助動詞というやつでな、その昔は〝む〟だったのが、私らの時代だと〝ん〟に半分以上は変わっとったが、〝同じ心〟に推量を入れなきゃいけないのがワシらの時代よ。「この人は、同じ感性なんかなァ……」と、話をする相手に探りを入れとる。「この人が、同じ感性だったらいいなァ……」と、願いをこめとる。ワシらの時代には——特に私が青春時代を送っとった京都の朝廷なんかには——少なくとも私の周りには、話の合いそうなヤツなんか、一人もおらんかったのよ。

清少納言の時代には、ピーッと笛でも吹きゃァ、同じ感性の人間なんかすぐ寄って来た。退屈な時にたまたまやって来た、そんな大して仲のよくない客とでも、なんかの拍子にすぐ、ピタッと話の感性は合った。合って、「すっごい満ち足りてる気がするゥ♡」になるんだとさ。

「あーあー、いいなァ……」って、お若いの、お前さんだってそう思うだろうが？　私だって、そう思っとった。周りを見回せばよ、自分とおんなじようにウットオシイ貴族ばっかりでな、話が合うどころの騒ぎじゃない。合わない話でドッチラケになるのもまた困るから、一生懸命ジーッとして、ただ向かい合ったまんま、「ともかく話がズレないように、ズレないように」で緊張しておる。男って、哀しいなァ……。

別になァ、おんなじ感性だけじゃない、ちょっとばかし意見の違った人間がいてな、なんかの拍子にとんでもない大論争になっちまった、てなことがあったとしてもよ、そういう時はそういう時で「なんだか今日は燃えちまったい、また論争しようぜ！」なんて風にな、アツーイ感動の嵐だってやって来るのになァ、実際は、そんなことにはなりゃしない。ちょっと相手の顔色を見てな、「あ、こいつは俺とは違うんだ」ってことになったらよ、テキトーにテキトーに収めとく。そんなもんの一体どこが面白いかっつうんだよォ！　私の「**退屈でしょーがない**」っていう『徒然草』の〝つれづれ〟は、そういう種類の退屈だったと思いねェよ。私のいたな、京都の貴族の、しかも下っ端の社会っていうもんはよ、鎌倉時代の終わりの頃には、もう全体ぐるみでマドギワにタソガレておりましたと、そういう訳なのでございますのさ。坊主は出家してるからな、社会の窓際族でもあるけどよ、私なんかは、青年貴族の時から、既にしてマドギワ化しておったんじゃよ。

思い当たるところがあるかな、そこのお若いの？　マドギワ化してしまった組織の中でなにをするな？　なにもすることはないわな。せめて本でも読むことが、心の慰めということじゃわな――次行くぞ。

【第十三段】

ひとり燈火《ともしび》のもとに文《ふみ》をひろげて見ぬ世の人を友とするぞ、こよなう慰むわざなる。文は、文選《もんぜん》のあはれなる巻々、白氏文集《はくしもんじふ》、老子のことば、南華《なんくわ》の篇《へん》。この国の博士《はかせ》どもの書ける物も、いにしへのはあはれなること多かり。

ひとりで灯《あか》りの下に本を広げて「見ぬ世の人」を友にするってさ、とんでもなく慰められることだよな。

本は、『文選《もんぜん》』のジーンと来る各巻、『白氏《けくし》文集《もんじゅう》』『老子』『荘子』、この国の学者達の書いたのでも、昔のはジーンとくるのが多いよな。

【第十四段】

和歌こそなほをかしきものなれ。あやしの賤《しづ》・山がつのしわざも、言ひ出でつればおもしろく、恐しき猪《ゐ》のししも、「ふす猪の床《とこ》」と言へばやさしくなりぬ。

このごろの歌は、一ふしをかしく言ひかなへたりと見ゆるはあれど、古き歌どものやうに、いかにぞや、言葉の外《ほか》にあはれにけしき覚ゆるはなし。

貫之《つらゆき》が、「糸によるものならなくに」と言へるは、古今集の中の歌くづとかや言ひ伝へたれど、今の世の人の詠《よ》みぬべきことがらとは見えず。その世の歌には、姿・言葉、このたぐひのみ多し。この歌に限りてかく言ひたてられたるも知りがたし。源氏物語《げんじものがたり》には、「ものとはなし

に」とぞ書ける。新古今には、「残る松さへ峰にさびしき」と言へる歌をぞ言ふなるは、まことに、少しくだけたる姿にもや見ゆらん。されど、この歌も衆議判《しゆうぎはん》の時、よろしきよし沙汰ありて、後にもことさらに感じ仰せ下されけるよし、家長《いへなが》が日記には書けり。

「歌の道のみいにしへに変らぬ」など言ふ事もあれど、いさや。今も詠《よ》みあへる同じ詞《ことば》・歌枕も、昔の人の詠めるはさらに同じものにあらず。やすくすなほにして姿も清げに、あはれも深く見ゆ。

梁塵秘抄《りやうぢんひせう》の郢曲《えいきよく》の言葉こそ、またあはれなる事は多かめれ。昔の人は、ただいかに言ひ捨てたる言草《ことぐさ》も、みないみじく聞ゆるにや。

和歌っていうのがやっぱり楽しいもんなんだよな。つまんない下層階級や山賤《やまがつ》のすることでも、和歌にしちゃえばおもしろくって、獰猛《どうもう》な猪《いのしし》も「寝床の猪」って言えばやさしくなっちゃう。

この頃の和歌は一部分うまく言えてるって思えるのはあるけど、古い和歌なんかのように、どういうもんなのかなァ、言葉の向こうに「あはれ」が情景で見えてくるのってないな。紀貫之《きのつらゆき》が「糸によるものならなくに」って詠んだのが『古今集』の中じゃカス歌だとかって言い伝えてるけど、今の時代の人間が詠めるようなスタイルには見えないぜ。あの当時の歌には形・言葉、こんな例がやたら多いんだもの。この和歌に限ってこんな風に言われてるっていうのも分かんないな（『源氏物語』じゃ「ものとはなしに」って書いてあるけど）。『新古今集』じゃ、「残る松さえ峰にさびしく」っていう歌がそうだって言うけども、実際ちょっとだれてる形には見えるんだろうよ、でもさ、この歌だって衆議判《しゅうぎはん》の時に「ケッコウでしょ」っていう決定があって、後でも、ことさらの御感想を院が下されたんだってこと、源家長《みなもとのいえなが》は日記に書いてんだぜ。

「和歌の道ばっかりは昔と変わらない」なんて言うこともあるけど、そうかなァ？　今でも使う同じ言葉や歌枕《うたまくら》でも、昔の人が詠んだのは全然別もんだぜ。単純で素直で、形もすっきりしてて、あはれだって深く見えるもの。

『梁塵秘抄《りょうじんひしょう》』の郢曲《えいきょく》の言葉っていうのがなァ、またジーンとくることが多いんじゃないのかな。昔の人間のは、単純に言いっ放しにしてた言葉だっても、みんなすごいもんに聞こえるのかもな。

第十三段、第十四段の註

さて、お前さんらの一番苦手とする話じゃな。わしらの時代に「本を読む」ということになると、こういうことになる。お前さんらはあまり、日本に関する教養はなかろう？　ないわな。大体教養というものをとっちがえておるものな。

日本の教養というものは和歌に漢文と、こう相場は決まっとった。文《ふみ》と言えば〝漢詩〟のこと、文《ふみ》を〝本《ほん》〟という意味に解釈すれば漢文の本ということになるのが長い間の日本の教養ではあったんじゃが、まァ、そこら辺は今でもカタカナ言葉を使うとカッコよく見えそうというところで、変わっとらんといえば変わっとらんわな。漢詩、漢文といったらば、元は中国の〝外国語〟じゃからな。

という訳で、〝**本は『文選《もんぜん》』**――〟とくる。『**文選**』というのは中国の詩や文章のアンソロジーじゃな。これを読む。それから次は、中国の詩人である白楽天《はくらくてん》の詩文集である『**白氏文集《はくしもんじゅう》**』。白楽天といえば、唐の玄宗皇帝と楊貴妃の悲恋を歌った『長恨歌《ちょうごんか》』が有名じゃが、白

楽天という人は平安朝の文学にとんでもなく大きな影響を与えた。まァ、平安時代のビートルズ、ジョン・レノンというところかもしらんわな。それから『老子』『荘子』と来て、まァ、日本の学者の書いたものも、昔は、いいものがあったから、これを読む。読むんじゃが、しかしこれをなんの為に読むのかといったら、別にワシは、〝教養をつける為〟なんぞとは言っとらんわな。「会ったこともない昔の人と友達になれるから本を読むんだ」と、こう言っとるんじゃわな。〝**見ぬ世の人**〟というのは、〝会うことの出来ない時代の人間〟ということじゃからな。

ワシが「同じ感性の人間とちゃんと話が出来たら慰められるのになァ」と言っとったのを覚えとるか？

若い頃のワシには、そんな友達というのはおらんかった。ワシのいた貴族社会というのはもうガタが来とったもんじゃからな。大学行ってもただキャーキャー騒ぐだけの仲間しかいなくて〝本当の友達〟なんか見つからんとお前さんらが思っとるんなら、そりゃワシの若い頃とおんなじで、大学そのものにガタが来とるんじゃわな。そういう時にはどうするか？といったら、「本を読みんさい」ということになるわな。本を読んで「あ、そうだ、自分の考えてること感じてたことってここにあった。ここに書いてあるのは自分が思いたかったようなことなんだ」とな、そう感じれば、もう「本は友達」じゃわな。

友達というもんは、一緒になってキャーキャー騒ぐだけのもんではないわな。自分がよく分からんでおったこと、自分では気がつきそうもないまんまにしておったことを、自分とおんなじような立場に立って分からせてくれるようなもんじゃわな。だから、おなじ感性の人間と友達になりたい。「そうなんだ、そうなんだ、俺もそう考えてたんだ、分かるなァ」ってな、手を取り合って喜べれば、この世の幸福これにまさるものはなしじゃ。だからな、本もそれとおんなじなのよ。「これ、読まなきゃいけないんだ、勉強なんだから」――そんな風に思ってて、本がおもしろくなる筈がない。教養をつける為と思って本を読む、そんな一方的に説教ばっかりしてくる友達がおもしろい訳ァなかろう、というようなことじゃな。また、そんなつまらん苦労をしてな、〝教養〟というものを身につけたとしてもよ、その知識の使い方を知らんとなれば、教養というものもやっぱりムダ玉じゃな。

というところで出て来るのが、**和歌**じゃ。

和歌というのはな、ワシらの時代までには、人と人との間でやりとりをするもんじゃった。本に書いてある和歌を読んで、それを黙って〝鑑賞する〟というようなもんではなかった。人と人との間でやりとりをするものなんじゃから、それこそ〝友達との会話〟じゃな。友達と話をするにしたって、気のきいたセリフの一つも言いたい。言って自分のことをよく見せたいと思うじゃろ。ただ黙って、なに考えとるのか分からん人間と面《つら》突き合わせて、気まずい時間を過ごしとるというのは愚の骨頂じゃわな。だからといってよ、雑誌の記事を受け売りで話して、それで楽しい会話になるかよといったら、そんなもんなんにもなりゃせんわな。人の受け売りであったとしても、「それを自分が言うんだとしたらこう言うぞ」というな。そういう〝表現〟という頭がなかったら、ただのバカじゃわな。和歌というものを見て、どこがいいのかさっぱり分からん、似たようなもんばっかりでちっとも面白くないというのは、そういう〝自分なりの表現〟というものが分からないか、さもなければ、つまんない歌ばっかりを和歌と心得て〝学習〟してしまった結果じゃわな。和歌というのは「人と人との間にある心のおしゃれ」と、そのように解しておけば間違いはない。そういうものは必要だと思うじゃろうが？　そういうものを身につけたいと思うじゃろうが？　な？　そこでじゃ、オシャレでもなんでも手順というものがある、知識というものも必要になるということなんじゃやな。オシャレのことをなんにも知らんで、ただ「目立ちたい！」だけの人間がオシャレになる訳もないというな。

という訳で、〝註釈〟というものを拙僧がやって進ぜよう、ということじゃな。ま、分からんじゃろな。〝獰猛《どうもう》な猪《いのしし》〟を〝寝床の猪〟と言えば、なにが〝やさしくなっちゃう〟のか？　で、そんなもんのどこが〝楽しい〟のか？

〝寝床の猪〟というのはな、これは和泉式部《いずみしきぶ》という女性の和歌からきておる。和泉式部というのは、平安時代の才女でな、〝恋多き情熱の歌人〟なんてことを言われとった。実際は純で、心根のやさしいいい女じゃったが、この人がな、恋人に死なれてしまった気持を和歌に詠んだ――その時のつらい気持をそのまんま自分の中にしまいこんどったらただ苦しくなるだけじゃからな、それを和歌にして表に出そうとした。それがこの「寝床の猪」じゃわな。

「かるもかき　臥猪《ふすい》の床の寝《い》を安み　さこそ寝ざらめ　かからずもがな」という。

訳の分からん歌じゃろう？　まァ〝猪〟なんぞというもんが唐突に登場して来る歌じゃからよ。そこら辺の唐突をやわらげようと思ってな、ワザと古風に作ってある歌じゃから、ちょいと舌っ足らずな感じがして分かりにくいが、猪《いのしし》のことを、古くはただ〝猪《い》〟と言った。それから、眠りのことを、これもただ〝寝《い》〟といった――この一つでリズムを取っしるんじゃな。猪というのは、枯草を集めた自分の巣の中で七日七晩ぐっすりと寝るもんじゃと信じられとった。だから〝かるもかき〟というのは、〝枯草《かるも》をかけ《かき》〟なんじゃ。「枯草をかけて横になってる猪は寝床でグッスリ眠ってる」というのが、この歌の上の句じゃな。『フイオンは寝ている』がポップスとやらになるなら、ワイルド・ピッグのイノシシも和歌になる。野っ原を乱暴にドドッ！　ドドッ！　と駆け回っとる猪も、そんな寝床でぐっすり眠っとると、まるでヌイグルミになっちまったみたいでカーイイじゃろ。そんなところを、和泉式部は頭に浮かべたんじゃな。

　なんでそんなことを頭に浮かべたのかは、この下の句にあるな――「さこそ寝ざらめ　かからずもがな」――「そんな風に寝たいんでもないけど、こんな風じゃやだ」とな。「こんな風」がどんな風かと言ったら、分かるじゃろ？　和泉式部は不眠症じゃったのよ。恋人に死なれて、その好きで好きでたまらなかった人のことを考えると、寝ようと思ったって眠れない。そんな状態がズーッと続いてて、そうなってくると、今度は眠れないことがつらくなる。「あー眠れない」と思うと、幸福だった時の恋の記憶なんぞというものが、ドドッと襲って来て身を責めるからな。「この苦しさから逃れたい、一刻でも眠りたい」というので、こういう歌を詠んじまうんだわな。「猪みたいにグッスリ眠りたいという訳じゃないけど、でも、あの人のことを忘れる為の一時の眠りがほしい」ってな。「寝床の猪」というのは、そんな不眠症の歌なんじゃよ。

「そんなのまさかァ」「マジかよー」と思うかもしらんがな、ホンマのことやからしょうがない。「昔の日本人は折にふれて和歌を詠み、己《おの》が心情を吐露した」なんぞというとな、「昔の日本人は大変だ、毎日毎日マナジリを決して芸術家の苦悩をやってた」なんぞと思う。これは、それこそ〝心情〟というものを知らぬ無知よな。「眠れない、つらい……」これも立派な心情。生きている心の動きのすべては、立派な〝人間の心情〟という訳じゃな。

まァ、こういうことを言うとじゃな、「そんな、恋人が死んで眠れないは分かるけど、わざわざそこにイノシシ出して来るマジってあるのか？」ということにもなるんじゃろうが、それを言うのは、〝表現〟のなんたるかを知らん証拠じゃな。「つらくて眠れない」と「安眠するイノシシ」というのは、いかにも意表を突いた組み合わせじゃないかいな。そのぐらいの意表でも突かなんだら、真実自分のつらさに引っ張られてヤバイことになっちまう時だってある。つらいからつらさを忘れたいのだとしたら、そういう〝つらい〟という状況と一番かけ離れたものを持ってきて、これにブチ当ててやろう、とな。人間というものは、そういう建設的なことを考え出してしまう、せつない生き物なんじゃよ。「つらいつらいあつらい、私はつらくて眠れない」だけだったら、こりゃ「誰かなんとかして！」と言っとるのとおんなじだわな。ものほしげで恨みがましい。そんなことをしたら、死んでしまった大切な恋人にさえ愛想をつかされてしまうではないか。「今の私を一時だけでも救ってくれるものはないか……」とマジに考えたら、「ぐっすりイノシシ」という極端が出てきた。放っときゃ極端な取り合せが、和泉式部がマジに和歌にしたところで〝本気〟になった。並の頭だったらば、こんなところにイノシシなんぞは出して来ない。それを出して、それを使って「一瞬バカな自分の〝本気〟を笑っちゃえ」というところまで表現出来た。並の頭ではない、すぐれた感受性というものはそういうもんだわな。そのおかげで、ドタドタ突っ走るだけの獰猛な猪も、哀しい女の心を慰めるやさしい生き物になってしまう。〝表現〟というものはそういうもんなのじゃな。「なるほど……、分かる……（つらいよなァ……）」というのは、こういうことじゃ。

和歌のシチメンドクササというのは、言葉の一字がああだのこうだのという詮索《せんさく》を始めることでな、知ってるやつには「なるほど……」であっても、知らないやつにとってみたらば「なんのことやら……」になる、ということだわな。しかしまァ、それは五七五七七の三十一文字しかない和歌の宿命のようなもんじゃから、しょうがない。少しやったろうかいな。

紀貫之《きのつらゆき》というのは、平安時代の有名な歌人じゃわな。『古今集』の序文も書いとる。この人の歌で、「糸による　ものならなくに　別れ路の　心ぼそくも　思ほゆるかな」というのが『古今集』に載っとる。旅の歌じゃな。紀貫之は出張で関東に行かなきゃならん。その都を離れる時の心細さを詠んだ歌じゃな。糸というものは、見れば分かるが、細い糸というか、糸の繊維をより合わせて出来とる。細い繊維で糸をよっとくのはいいが、そんなことをやっとくうちにフッと切れちゃうんじゃないかという気がする。都を離れて行く時、自分の気持が細い糸のようになって、フッと切れちゃうんじゃなかろうかという気がしたんじゃろうな。自分の心細い気持を、更に細い糸をよって行く時の心細さにことよせてな、それを紀貫之は歌にした。ところがいつからかは知らんが、この歌が『古今集』の中じゃ大ヘボのカス歌だってことになっちまった。まァ、紀貫之の時代というのは、ストレートに、飾らないまんま自分の気持を表に出せばそのまんま和歌になれたというような、幸福な時代でもあった訳だな。それがいいというのもあれば「バカみたいに単純だ」と言うやつもおる。「あまりにも芸がなさすぎるからカスだ」というようなことじゃろうかな。それでもどっかで感じるところがあればこそよ、紫式部は、このカス歌と言われるような歌を『源氏物語』の中に引用するんじゃな。「そういう風に引用されちまうぐらいだから、まんざらカスでもなかろうが」と、ワシは思うんじゃがよ。ただ、この紫式部というのも大した人じゃからな、紀貫之の歌を引用するに際して「糸による　もののならなくに」という原文を「糸による　ものとはなしに」という風に変えちまった。「もののならなくに」というのは、「そういうもんじゃないけど」という意味だがな、「ものとはなしに」というのはこれがもうちっとひねってあって、「そういうもんではないんだけど、でもなんとなくそんな感じ」という、間接的な感じ方なんじゃな。女だから回りくどくてややこしいというところもあるんだが。まァ、紫式部の感性は紀貫之の感じ方をそうつかまえた、ということだわな。まさか聞き違え、読み違えということもないじゃろうがな。

ペダンチックですまんがな、もう一つおつきあいを願うわな。

『古今集』のずっと後、鎌倉時代になって出来てきたのが『新古今集』という和歌の集でな、ここに祝部成茂《はふりべのなりしげ》という人の「**冬の来て　山もあらはに木の葉ふり　残る松さへ峰にさびしき**」という和歌が載っとる。冬の情景を歌ったもんだがよ、分かるだろ？

「冬が来て山も禿げ山になるぐらい木の葉が散って、緑のまんま残っている松さえも、山の峰では寂しいぜ」という、そういうこったよ。お若い諸君にゃ「だからなんだ？」だろうがな、まァそんだけのもんだわ。そんだけのもんを、「ああだこうだ」と大の大人がより集まって論議をする訳じゃな。「大の大人がバカらしい」と思うのは勝手じゃがよ、逆のことだって考えてみろな。大の大人が、たかが冬の景色を歌っただけのもんを目の前にして「ああだこうだ」と言っとったということはよ、そのたかが景色でしかないものを見る、見て感じる〝自分の気持〟というものを大切にしていたということだな。「大の大人がどうでもいい和歌の一字一句に目の色変えて」と笑うのも勝手だが、それをしなければ自分の気持にウソが出るという、人間の根本に対して目の色を変えていたということも忘れて下さるなよ——ということじゃな。「僕の言いたいことはそうじゃない！　僕の気持が分かってない！」と言う前にだ、果たして自分は、他人に分かってもらえるように、キチンと自分の気持を表現出来ているのかどうかも考えてみなされや、ということじゃな。大の大人が一字一句に目の色を変えるというのは、そんなことでもあるんじゃよ。

自分の気持をキチンと表現出来てじゃ、しかもそれがオシャレにもなっておって、それで初めて〝一人前〟というのが貴族社会の常識でな。そういう能力をみんな持っとるんだから、コンペティションの試合をしましょうという〝**歌**《うた》**合**《あわせ》〟がある。**衆議判**《しゅうぎはん》というのは、その和歌のコンペの審判をな、一人ではなく大勢でやるということじゃよ。**衆議**というのは衆議院の〝衆議〟でな、大勢で意見をたたかわせることじゃから、審判連中の意見が「ケッコウでしょ」で一致したってことな。その歌が『新古今集』に入ってな、それを見た人間が、この「冬も来て山もあらはに木の葉ふり 残る松さへ峰にさびしき」という歌を、「へぼだ!」「ぬけてる!」「ダサい!」と、カス歌扱いにしたということだわな。しかしそうは言っても、その『新古今集』を作るにあたっての最高責任者である後鳥《ごと》

とよ。

羽《ば》上皇＝後鳥羽院という方はよ、この歌を「いいじゃないか！」とお賞めになったということよ。

上皇というのは、この当時の日本で一番エライ方だった。だから、そういうお方がわざわざお賞め遊ばすというのは、とんでもない栄誉なんだな。「こいつはすぐれてる、ナカナカのもんだ！」ととんでもなくエライ方には賞められても、一般人にゃ分かんないもんだからな、「こんなもんのどこがいいんだ？」で非難の的になる——ということもままあるということだわな。その道を極められたお方は、ヘンに凝ったものよりも、どうってことのないシンプルなものがお好き。まだそこまで行かないやつにはシンプルなよさがよう分からん、ということよ。「冬も来て——」というのは、だからどうってこともない歌だがよ、「それがシンプルで結構じゃないの」ということでもあるんじゃな。

普通な、日本文学史なんぞをやるとな、和歌の歴史というのは、『新古今集』で終わりということにはなるのよな。そっから後の和歌というもんはカスという、そういうもんらしいんだわな。まァ、言うのはそちらのご勝手だがよ、ワシが生まれたのは、その『新古今集』が出来てから、七、八十年ばかしたってのことよ。な？　つうことはだ、ワシはもう和歌がカスになっちまった時代に生まれた人間ということになるんだわなァ——。

まァ、それはそれでいいんだがよ、そこで問題になるのはなにかっつうと、このワタシである兼好法師っつうやつがな、実は坊主でもあり『徒然草』の作者でもあるが、それ以上に、

「その生きとった時代を代表するような有名な歌人」だった、という訳よ。

ヘイ、すいませんね、カス歌の時代にカス歌を詠んでた歌人はワタシですよ。ヘッヘッヘッ――まァいいけどよ。

『新古今集』というのは、和歌の頂点、和歌のケンランゴーカの絶頂で最後ってことになっとるがな、だからといって、その後の人間が和歌を作るのをやめちまった訳ではない。なにしろ和歌というもんは言葉のオシャレ、友達同士の会話だからなァ、「口きくのやめろ、オシャレするな」と言われたって困るということよ。なにしろ女を口説くとなったら、まずするのは「和歌を贈る」ってことだから、和歌がなくなったら日常生活が狂っちまうわな。ただな、その和歌が誰でも詠めるようなもんではなくなっていた――和歌を作るのに必要な教養を誰もが持っていた時代では既になかった、ということだわな。誰もが大学に来るには来るけれども、大学生のほとんどが――大きな声じゃ言えねェが――アッパラパーになっちまったのとおんなじだわな。そういうことを〝知識が現実から遊離する〟と言うんだけどもよ。

誰もが和歌を詠める訳ではないが、しかし和歌というものはやっぱり必要だということになるとよ、「私は和歌が詠めます！」なんぞという人間はエバるっちゅうことよ。「私は知ってます！」っつってな、つまんない知識をひけらかしたり、あんまり内容がないのに凝ったものを作ったりするってことよ。ダサイカッコしてると女に笑われる、モテナイっつうんでな、一生懸命ファッション雑誌見て「僕、キメて来ました！」とやって来てな、結果、東京の渋谷にゃおんなじカッコの大学生がゾロゾロ歩いてるってことにもなる。それを見て「やだねェ、オシャレ知らない、田舎者ンはァ！」と言っているやつがだ、またどれほどのカッコをしとるかということになったら、似たりよったり、目クソが鼻クソを笑ってますよということになっちまう。結局、必然性というもんがないまんま、オシャレというのが社会人の一般教養になっちまったという、根の浅さがすべての元凶だわな。どうしたって、野暮天にはスッキリしたオシャレというものが出来なくなる。一生懸命ファッション雑誌を見て〝今の流行〟を追っかけとったら、ホントのオシャレなんぞというもんは分かんなくなる。ワシが言っとる**「単純で素直で、形もすっきりしてて、あはれだって深く見える**和歌が今はない！」というのは、実はそういうことなんじゃ。

自分たちが当たり前に生きとって普通にやっておることを、その上で更に工夫をすれば〝オシャレ〟というものも生まれる。どんなシンプルで貧乏なもんだっても、「スッキリしてイキだね」ということになる。それは和歌ばかりではない――というのはな、平安時代の終わり頃に**『梁塵秘抄《りょうじんひしょう》』**というものが出来た。〝梁塵〟というのは〝梁《はり》の塵《ちり》〟ということでな、心を震わせるようないい歌というものは、家の柱の上にあるゴミさえも震わせるという、そういうことじゃ。『梁塵秘抄』なんぞというオッソロシゲな題名がついているからなんだと思うが、これは〝秘蔵版感動スペシャル大全集〟のサブタイトルがついた、ソングブックなのじゃな。〝**今様《いまよう》**〟といってな、当時の貴族ではない、普通の一般庶民が歌っておったものじゃ。遊女《あそびめ》と言ってな、今の風俗ギャルの先祖にあたるような若い娘が歌っとった、それのアンソロジー・ソングブックじゃな。それを時の最高権力者である後白河《ごしらかわ》法皇という方がお好きでなァ、今でいえば〝アイドル狂いのオッサン〟かもしれんが、セッセと集めて本になさった。後白河法皇というのは、『新古今集』を作られた後鳥羽上皇のお祖父さんにあたられる方じゃがね、まァ、そういうお血筋じゃろうわな。

『梁塵秘抄』というのは、だから『感動アイドル大全集』なんじゃがね。その中にある当時の流行《はやり》歌を〝郢曲《えいきょく》〟と言ったのよ。〝郢《えい》〟というのは中国に昔あった町の名前でな、ナウい町だったんだ。流行の発信源でな、そこの地名にあやかって、当時のはやり歌を〝郢曲〟といったと。まァ、〝アイドル共和国ソング〟というのとおんなじだわな。そういう——言ってみれば低俗な流行歌の中にもよ、ホントに歌の心が生きてりゃ、ジーンとするようなものも沢山あったってことよな。ちょっとその郢曲の一コぐらいを紹介してやろうかな。ワシにとってもふさわしいもんじゃからな。こうじゃ——

「聖《ひじり》を立てじはや
袈裟《けさ》を掛けじはや
数珠《じゆず》を持たじはや
年の若き折　戯《たわむ》れせん」

五七五七七の和歌とはちょっと違うじゃろ。「聖を立てじはや」というのはな、「坊主にならないでェ♬」ということよ。「真面目にならないでェ♬」ってこったな。「坊主にならないでェ、袈裟をかけないでェ、数珠を持たないでェ、若い時には遊んじゃおうよォ」という、ちょっと真面目に傾きそうな男の子をからかって、誘ってる歌じゃわな。言ってみりゃ、「あいつはあいつは真面目な、年下の男の子♬」と、千年前にキャンディーズがいたというようなもんなんじゃ。

遊女の女の子が、そんな風に歌ってるわな。フッと耳に入るわな。入って、気がつくわな――「あ、そうだ……、自分てホントに、このまんまじゃ生きながら真面目だけの坊主とおんなじになっちゃう……」ってな。そんな風に、若い男は思っとったんじゃろうなァ……。

平安時代の話じゃがよ。

ワシの時代はな、そんな風に女の子は言ってくれんかったもんなァ……。だからなァ……、坊主になっちまったよなァ……。

どうだ、ジーンとくる話だろ?

【第十九段】

折節《をりふし》の移りかはるこそ、ものごとにあはれなれ。

「もののあはれは秋こそまされ」と人ごとに言ふめれど、それもさるものにて、今ひときは心も浮き立つものは春の気色《けしき》にこそあめれ。鳥の声などもことのほかに春めきて、のどやかなる日影に垣根の草もえ出づるころより、やや春ふかく霞《かす》みわたりて、花もやうやうけしきだつほどこそあれ、折しも雨風うちつづきて心あわたたしく散り過ぎぬ。青葉になり行くまで、よろづにただ心をのみぞ悩ます。

花橘《はなたちばな》は名にこそおへれ、なほ梅の匂ひにぞ、いにしへの事もたちかへり恋しう思ひ出でらるる。山吹の清げに、藤のおぼつかなきさましたる、

る、すべて思ひ捨てがたきこと多し。

「灌仏《くわんぶつ》のころ、祭のころ、若葉の梢《こずゑ》涼しげに茂りゆくほどこそ、世のあはれも人の恋しさもまされ」と人のおほせられしこそ、げにさるものなれ。

五月《さつき》、菖蒲《あやめ》ふくころ、早苗《さなへ》とるころ、水鶏《くひな》のたたくなど、心細からぬかは。

六月《みなづき》のころ、あやしき家に夕顔の白く見えて、蚊遣火《かやりび》ふすぶるもあはれなり。六月祓《みなづきばらへ》またをかし。

七夕《たなばた》祭るこそなまめかしけれ。やうやう夜寒《よさむ》になるほど、雁《かり》鳴きてくるころ、萩《はぎ》の下葉《したば》色づくほど、早稲田《わさだ》刈り干すなど、とりあつめたる事は、秋のみぞ多かる。また、野分《のわき》の朝《あした》こそをかしけれ。言ひつづくれば、みな源氏物語・枕草子などにことふりにたれど、同じ事また今さらに言はじとにもあらず。おぼしき事言はぬは腹ふくるるわざなれば、筆にまかせつつ、あぢきなきすさびにて、かつ破《や》り捨つべきものなれば、人の見るべきにもあらず。

さて、冬枯《ふゆがれ》のけしきこそ秋にはをさをさ劣るまじけれ。

汀《みぎは》の草に紅葉《もみぢ》の散りとどまりて、霜いと白うおける朝《あした》、遣水《やりみづ》より烟《けぶり》の立つこそをかしけれ。

年の暮れはてて人ごとに急ぎあへるころぞ、またなくあはれなる。すさまじきものにして見る人もなき月の寒けく澄める廿日《はつか》あまりの空こそ、心細きものなれ。御仏名《おぶつみやう》・荷前《のさき》の使《つかひ》立つなどぞ、あはれにやんごとなき。公事《くじ》どもしげく、春のいそぎにとり重ねて催しおこなはるるさまぞ、いみじきや。追儺《ついな》より四方拝《しはうはい》につづくこそ、おもしろけれ。つごもりの夜、いたう暗きに松どもともして夜半《よなか》過ぐるまで人の門《かど》たたき走り歩《あり》きて、何事にかあらん、ことことしくののしりて足を空にまどふが暁がたよりさすがに音なくなりぬるこそ、年の名残《なごり》も心細けれ。亡き人の来る夜とて魂《たま》まつるわざは、このごろ都にはなきを、東《あづま》の方《かた》にはなほする事にてありしこそ、あはれなりしか。

かくて明け行く空のけしき、昨日《きのふ》にかはりたりとは見えねど、ひきかへめづらしきここちぞする。大路《おほち》のさま、松立てわたして花やかにうれしげなるこそ、またあはれなれ。

＊＊＊

季節の変化っていうのが、ホントに一々ジーンとくるよな。

「もののあはれは秋こそまさる」って誰でもが言うみたいだけど、それはそれとして、もうちょっと胸がときめくものが春の景色にはあるんじゃないの？

鳥の声なんかもことさらに春の感じがして、のどかな日の光に垣根の草も芽吹いてくる頃から、だんだん春たけなわに霞がかかって、桜もようやく目立つ頃だよなァ、ちょうどその頃に雨や風がやたら続いて、胸騒ぎのうちに散って行っちゃう。青葉に変わって行くまで、なんでもやきもきさせられる――。

花橘《はなたちばな》は有名だけど、やっぱり梅の匂いだよな。昔のことでも目の前に迫って、懐かしく思い出されちゃう。山吹《やまぶき》がすっきりと、藤がボーッと花開いてるのとか、やたら見逃しにくいことって多いよな。

「灌仏会《かんぶつえ》の頃、葵祭の頃、若葉の梢《こずえ》が涼しそうに茂って行く頃っていうのが正に、世のあはれも人の恋しさもまさるなァ」ってさる方がおっしゃったっていうのが、ホント、まさにそういうもんだろうよなァ。

皐月《さつき》の菖蒲葺《あやめふ》く頃、早苗《さなえ》とる頃、水鶏《くいな》が鳴くのなんか、やるせないよなァ……。水無月《みなづき》の頃はみすぼらしい家に夕顔が白く咲いて、蚊遣《かやり》の火が煙ってるのもジーンとくる。水無月祓《はらえ》、また素敵さ。

七夕を祭るっていうのも優雅だもんなァ。だんだん夜は寒くなってきて、雁《かり》が鳴いて来る頃、萩の下葉《したば》が色づく頃、早稲田を刈って干すとか、書き出すと秋ばっかりが多いよなァ。あと、野分《のわき》の朝っていうのが素敵だよな。書き続ければ、みんな『源氏物語』や『枕草子』なんかに言い古されちゃってるけど、おんなじことをまた今更だから言いたくないって訳でもない。思ってることを言わないのは腹ふくれるわざなんだから、筆にまかせてさ――つまんない暇つぶしですぐに破り捨てちゃうもんなんだからさ、人が見てくれなくてもいいよ！

それでもなァ、冬枯れの景色っていうのはホント、秋に全然劣ってないよな。水際《みずぎわ》の草に紅葉が散って残ってて、霜がすっごく白く降りてる朝は、遣水《やりみず》から煙が立ってるのなんか、素敵だよなァ。年が押しつまって、誰でも急ぎ合ってる頃っていうのは、ちょっとないくらい感動するな。色気のないもんだからって見ようともしない月が寒く澄んでる二十日ぐらいの空っていうのは、なんかやるせないもんだし。御仏名《おぶつみよう》・荷前《のさき》の使いが立つのなんかさ、感動的な上におごそかだものな。行事が多い上に春の準備が重なって、立て続けになるのってさ、スゲェよな。追儺《ついな》から四方拝《しほうはい》に続くっていうのが面白いし。

大晦日の夜さ、すっごく暗いところに松明《たいまつ》をともして、夜中過ぎるまで人の邸の門を叩いて走り回って、なに言ってんのかな——大袈裟《おおげさ》に騒いで飛び回ってるのが、明け方頃からさすがに音がしなくなっちゃうっていうのがやっぱり一年の終わりで、やるせないよな。死んだ人間が帰って来る夜だからって、魂を祠《まつ》るしきたりはこの頃の都じゃないけど、関東の方じゃまだやることにしてたのは、感動的だったな。

そうやって明け渡ってく空の様子さ、昨日と変わったんだとは思えないけど、そのかわり新鮮な気持ってする。大路の様子、門松を並べ立てて、華やかで嬉しそうにしてるっていうのがまた、ジーンとくるんだよな。

第十九段の註

まァ、あんたらの時代になっちまえば季節感もへったくれもないじゃろうがの、季節の話じゃわな。〝折節《おりふし》の移り変わり〟というな。なんせ、わしらの時代はテレビもなけりゃレンタルビデオ屋もない。コンビニエンスストアもなけりゃディスコなんぞというものもない。なんにもない中でどうやって時間をつぶしとったのかといえば、それはもう移り変わる自然の様子によってじゃわな。時間というものは移り行く、それを頭において周りのすべてを眺めれば、どんなものにも「ああ、時は移って行くな」と、意味を感じ取ることが出来る。

まァ、自然の変化で一番はっきりしとるのは、秋じゃわな。この間まで猛々《たけだけ》しくも茂った夏草がいつの間にやら勢いをなくし、やがて枯れ野原となってしまう。緑の木の葉も色を変え、とんでもなく派手な色彩が辺り一面を染め上げるけれども、しかしその華やかさは、やがて来る冬枯れの前徴ででもあるというな。華やかさの裏に滅びの景色を感じとってしまう――そこのところが〝あはれ〟というようなもんだわな。だから、「**もののあはれは秋こそまさる**」というのは、昔からの通り相場ではあった。まァ私のように、後で出家の坊主になってしまうような人間だとな、若い頃から「そぞろ身にしむ秋の風……」なんぞと、うら寂しい方へうら寂しい方へと行ったんじゃなかろうかと思われるかもしれんがね、どうして

どうして、私はこれで春が好きじゃった。

春は物事の始まり、自分の人生もこれから始まる——そう思えば胸も浮き立つ。男なら「やる気」というものも湧いて来る。「春に浮かれる生臭坊主」ではない。自分の未来にそれでも胸をときめかせておった青年が、やはり結局は坊主になってしまう。その未来も知らずに胸をときめかせておる若者というものが、はかないといえばなによりもはかないわな。

春夏秋冬を色で分けると、これは青・赤・白・黒ということになる。つまり青春・赤夏《せきか》・白秋《はくしゅう》・玄冬《げんとう》という。〝玄冬〟の〝玄〟は〝黒〟じゃな。〝青春〟というのはここから出たもんじゃな。私はよく考えたら〝無常感の坊主〟ではない。青春を追いかけて、そしたら坊主になっていたという、そういう人間だもんな。まァ、あんたらもその内坊主になるかはしれんがな。ナムアミダブツ、ナムアミダブツ……。

さて、春は勿論、桜じゃわ。華やかに咲いてな、咲いて咲いて、そして、危ないぐらいに満開になった桜は、いつ散るかいつ散るかと、人の心を騒がせる。秋晴れの空の下に広がるキンキラキンの紅葉と、しっとりとうるおって辺りの空気も霞むような春の空の下にびっしりと広がった桜を比べれば、浮き立つような嬉しさと、散り行く予感の哀しさとで、「すべての自然の王者」であるようなもんだわな、この桜というのは。

桜が散れば青葉の季節じゃ。ワシらの暦はご承知のように〝旧暦〟というやつでな、大体あんたらのカレンダーとは一ヶ月ばかりずれとる。ずれとるが、ワシらの暦は一月から三月までが春、四月から六月までが夏、七月から九月までが秋、十月から十二月までが冬と、三ヶ月ごとにキチンと境が決まっとった。暦をめくれば、それに合わせてキチンと季節も移って行く、それに合わせて人間界の行事もスッキリと出来上がって行く――これはもう、なににもましての快感というようなもんじゃったな。一月の正月が春の最初、一月も後半になれば梅が咲いて、三月になれば桜の季節。咲いた桜はいつの間にか散り、弥生《やよい》三月の春の名残は四月に移り、花橘の白・山吹の黄・藤の薄紫と、こういう季節の初夏になる。

花橘というのは、〝ミカンの花〟じゃな。ミカンというのは西洋風に言えばオレンジじゃ。オレンジの花といったら、ローマ帝国の昔から花嫁のベールを飾る花じゃぞ。まァ、イチイチ西欧を持ち出さんとロマンチシズムを理解出来んというあんたらにも困ったもんじゃが、この橘の花というのは、「昔を思い出させるもの」じゃった。別に橘の花に幻覚作用があった訳ではないな。昔の人が橘の花を見て「ああ、そんな気がするな」と思って、歌を詠んだ。歌を詠んで、それで多くの人々が「ああ、そうだなァ」と納得したという訳じゃな。

「**皐月《さつき》待つ　花橘の香をかげば　昔の人の袖の香ぞする**」という歌を知らんかな？　まァ、知らんのかもしれんな。

これは『古今集』にある歌でな、「読み人知らず」――つまり作者不明の歌だわな。作者不明というところがなんとも「ああ、そうだ……」というところでな、橘の花の甘酸っぱいような爽やかな匂いを嗅ぐと、それが昔好きだった人の着物に薫《た》きしめてあった香の匂いを思い出させたと、そういう歌じゃ。ワシらの時代には、着物にお香を薫いて匂いを染み込ませておったから、目をつむると、その匂いの記憶が昔の〝思い人〟の姿をありありと思い浮かばせるようなことにもなったんじゃな。

まァ、橘の花の匂いはそういうもんだ。なんで橘の花がそういうもんかといやァな、俺は、橘の花の季節が桜の後だからだと思うぜ。緑の葉の中に咲く白い橘の花を見てると、その向こうに、ついこないだまであった桜の花の記憶がフワッと浮かび上がるからじゃねェか、ってな。清楚《せいそ》でりりしい橘の花の向こうに、華やかな桜の景色がある——それが、胸ン中でよ、華やかだった恋の季節の記憶に変わるのよ。俺も詩人だね。おおさ、勿論俺らは詩人なのさ。兼好法師は〝歌人〟だからな。勿論、俺ァ詩人だよ。「秋の日のヴィオロン寒くひたぶるに濡らすは袖に散る涙かな」ってな。その詩人の解釈をちょっと聞きねェ。

橘の花の向こうにあるのは桜の花

よ。な？　ところで花の匂いったら、橘よりも有名なのが梅の花だ。「大空は梅の匂いに霞みつつ　曇りもはてぬ春の夜の月」っていうのは、ワシらの時代のちょっと前にいた藤原定家《ふじわらのさだいえ》卿という、和歌の神様みたいな人のお作だがよ、梅の花の匂いってもんは、夜の大空さえも霞ませちゃうようなもんだった。匂いなら梅の花で、匂いっちゅうもんは大体昔を思い出すよすがのようなもんだった。「昔を思い出すなら橘の花」というのがワシらの時代の常識ではあったけれども、しかしワシは――若い頃のワシは「それならやっぱり梅の匂いだよな」と言っとった。なぜか？

　橘の匂いなら、その前の桜の景色を思い浮かばせるが、梅の花のその前はなんだっつったら、〝なんにもなし〟さ。梅の花の咲く春の初めのその前は、なんにもなしの冬の枯れ木だ。昔の記憶が全部華やかだったたっちゅう訳でもない。なんにもないが、初心《うぶ》だった自分がそこにいる〝昔〟というもんもある。恋が終わり、その終わって行く時のつらかった記憶も薄れて、青葉若葉の中にすっきり咲くのが橘の花だわ――そこで思い出す〝昔の記憶〟というやつは、さぞや華やかで生々しいことじゃろうが、一方の梅の花は違う。今や夜空一杯に覆い尽さんとしているなまめかしさの中でフッと思い出すのは、まだ恋も知らない昔の清らかさ、というようなもんじゃからな。そんな「昔」を思い出す人間の一人ぐらいはおってもよいじゃろう。

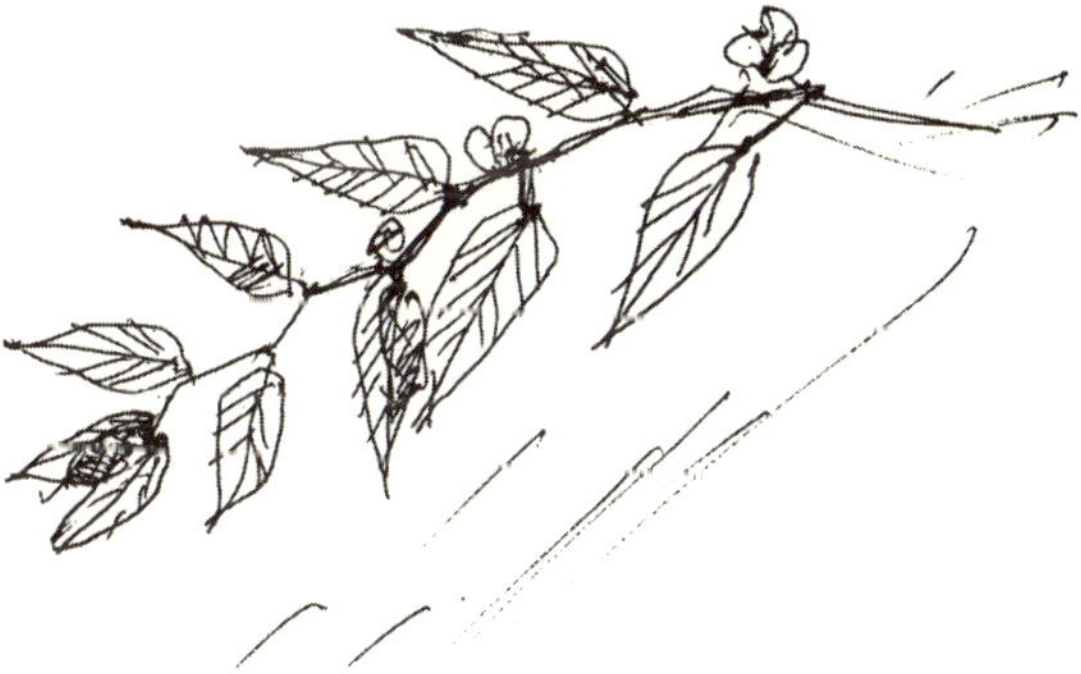

その春が終われば、夏の**四月**がやって来る。ワシらの四月はあんたらの五月じゃから、四月は初夏じゃわな。エイプリルフールの四月バカも、ワシらの頃にあったなら、連休明けの夏の行事ということになるわな。さぞうるさかろうて。四月一日が四月バカというのはあんたらの常識じゃろうが、ワシらの〝四月〟というのは〝**祭**〟じゃな。四月には京の都の守り神様である賀茂神社の**葵祭**がある。〝祭の季節〟ったら、あるところでは「夏！」じゃろうし、別のところでは「鎮守の森の秋の風物詩」じゃろうが、京の都の〝祭〟といえば、初夏の四月と相場は決まっとる。そして、その祭の前にもう一つ重要な行事があるというのは、四月八日の**灌仏会**《かんぶつえ》じゃな。お釈迦様の誕生日。今じゃ仏教系の幼稚園でしかやらんような行事になってしまったが、四月八日にはお釈迦様の誕生を祝って、俗に言うところの〝甘茶《あまちゃ》〟をかける——お釈迦様の像にな。そういう行事が続いて、季節の場面《シーン》は、もう決定的に春

とはお別れじゃ。

五月の皐月となれば、これはもう梅雨。ワシらの言う五月雨《さみだれ》は、あんたらの言う六月の梅雨の長雨。五月五日の端午の節句は、だから大体湿度が高い。辺り一面小雨に煙るような中に、この節句は菖蒲《あやめ》の節句というぐらいでな、家の軒には皆、菖蒲の葉をズラーッと飾る。屋根に飾るんで、これを"**菖蒲を葺く**"というな。ちょうどその頃は田植の時期じゃな。苗代から小さな苗を田に移す、その小さな苗が〝**早苗**《さなえ》〟じゃな。そしてその頃には〝**水鶏**《くいな》〟という、雀よりももう少し大きな鳥がな、田のそばで「キョッ、キョッ」と、まるで〝鳴く〟というよりも、なにかを叩くようにして鳴くもんだから、水鶏は〝鳴く〟とは言わずに、普通は〝叩く〟というのじゃな。

五月が終われば**六月**――あんたらの七月であるような水無月《みなつき》じゃ。もう夏じゃもの、夏の真っ盛りで太陽もカッと照って、地面もカラカラに乾いてひび割れも出来る。水が無いから、そして水が恋しいから水無月じゃな。ここまでで一年の半分は終わる。終わるから、ここで〝大掃除〟じゃ。〝**水無月祓**《はらえ》〟というのはな、六月の終わりの日に、河原のような水辺へ出てな、体についた邪気を払う。まァ、あんたらの感じでいえば、夏のお盆に故郷へ帰って、湯上がりにこざっぱりした浴衣に着替えて盆踊りにでも行くという、そんな感じにはなるんであろうな。

水無月というのは、そういう夏じゃから、もう花といっても春の桜や梅なんかとは違う。

白い**夕顔の花**がな、夕闇の中でぽっと咲いている。そういう夕顔のある家というのはな、やはりあまり金持ちではない貧しい家でな、その夕顔の咲く垣根に、家の中から**蚊遣《かやり》の煙**——つまり蚊取り線香の煙がうっすらと光につれて漂って来る。美空ひばりじゃないが、「日本の夏」という訳だわな。

七月七日は**七夕**じゃな。笹の葉サーラリラと、別にパンダは出て来んでもいいが、これは秋の行事になる。秋になり、昼はそれほどでもないが、夜はフッと気がつくと肌寒い。「秋来ぬと目にはさやかに見えねども 風の音にぞ驚かれぬる」という、そんな季節が進んで行くと、今を盛りに咲いておった萩の花の陰で、萩の下葉がかすかに黄色くなって来ておる。早いところではもう収穫の稲刈りじゃ。雁が北の国から渡って来て、刈り取られた田の脇には、稲の穂が干してある。

ワシが、まだ出家する前、京の都の朝廷で貧乏貴族の一員をやっておった頃に〝文学青年〟だったという話はもうしたわな。『**源氏物語**』『**枕草子**』の王朝文学を読んどった。あ

んたらの感覚でいえば、少女マンガを読んどる文学青年の大学生じゃな。少女マンガのマニアというもんが誰しもそうなるというのはな、「自分でも少女マンガが描きたい」とか「自分も少女マンガの評論を書いてみたい」とかな、そんなことを思うわな。近代の文学青年とかいうやつも、ヴェルレーヌだのボードレールだのを読んで、「ワシもひとつ詩なんぞといふものを書かんずと思ふ」なんちゅうことを考えたっていうわな。誰しも思いは同じよな。二十代の、「兼好法師」になる前の卜部《うらべ》兼好《かねよし》くんがよ、そういうことを考えねェ訳ァねェじゃねェかよ。「**第十九段　季節の変化っていうのが、ホントに一々ジーンとくる――**」なんてことを聞いた途端に、ピンと来るやつにはピンと来るわな。「あ、こりゃツレヅレ版の枕草子だ！」ってな。

ご名答。誰だって、やりたくなるぜェ。「**水無月の頃はみすぼらしい家に夕顔が白く咲い**

て、蚊遣の火がウンタラカンタラ――」こいつはモロ、『源氏物語』は〝夕顔の巻〟のいただきだわな。光源氏が京の下町を牛車で転がしてると、夕顔の花が咲いているみすぼらしい家があったと。そこには勿論、若くて美人の女がいてな、「ああいいなァ、この感じ」と、読んだやつなら誰でも思うわな。「夏の夕暮なら、あの〝夕顔〟みたいな美人がいてさ……」でな、影響されやすい文学青年の大学生ならよ、平気でモロいただきの文章を書くわいな。「清少納言は『枕草子』を書いた、紫式部は『源氏物語』を書いた、この偉大な二つの作品を一つにするという試みは誰もまだやったことはない！　俺はやるぞォ！」と考えるお調子者もいたっていいわな。「俺はよォ、村上春樹と村上龍を一緒にした小説書くつもりなんだ！」なんて言ってるやつは、どうせそこにもおるだろうが。「エッセーなら清少納言、ロマンチックなディテールなら紫式部だ」ってな、若い頃のワシは、そういうものを書いとったのよ。

「つまんない暇つぶしですぐに破り捨てちゃうもんなんだからさ、人が見てくれなくてもいいよ！」と、当人は謙遜してスネて、ちょっとばっかし怒ってはおるがな。七百年前でも、文学青年はおんなじだわな。

なんでまた文学青年は〝謙遜してスネて怒る〟のか？　決まっとろうが。自分で書いたはいいが、誰もそれを読んではくれないからだな。清少納言なんざ、『枕草子』で公然と書いてるわな――「知ってること全部書けって言われたから書いちゃう！」とかな。女はいいよ、女は。というか、彼女達の時代とワシらの時代は違っとったということでもあるんじゃがな。

王朝文化華やかなりし頃、帝のお后《きさき》のおそば近く仕えてる女達といったら、これはもう今を盛りと咲く春の花園の花々、だわな。それに引きかえ、世は遠い以前から武士の世になって、帝はヘンな気を起こして「もう一度朝廷を天下の中心にして我が世の春を！」と思うけれども失敗しちゃう、その寸前の時代さ。その時代の傾きかかった朝廷の帝の雑役夫になり下がっちゃってた若き蔵人《くろうど》っていうのはなんだ？　幼稚園の花壇の隅にぼんやりと咲いてるヒヤシンスみたいなもんじゃな。あろうとなかろうと誰も気にしない。「おいおいおい、こりゃ面白れェなァ、続きどうなってんだよ、早く書いて持って来いよ」と、エラーイお人に言われる〝才女〟とよ、**「退屈で退屈でしょーがないから一日中硯《すずり》にむかって」**、しかも一人で**「思ってることを言わないのは腹ふくれるわざなんだから」**で、ストレス満杯のボーヤとな、悲しいじゃありませんの、この一行はさ――「人が見てくれなくてもいいよ！」ってところはな――。

まァ、見てくんなくたっていいわいな。その内なんとかなるかもしれんと思ってよ、若い

内に書いといたのと坊主になってから続けて書いたのとが、こうして一緒になって『徒然草』なんぞという本になって残っておるんだからよ。時代は移り時代は変わって、やればやっただけ報われる時も来るから、精々頑張れる時にはぐわんばっておきませう、ということじゃわな。

冬じゃな。冬というのはいろいろあるんだな、特に年の暮はな。**〝御仏名《おぶつみょう》〟**——〝御仏名《みぶつみょう》〟ともいうな——こいつは、三日間にわたって、ミホトケのお名前を唱える仏教の行事だな。仏というのは、過去・現在・未来にわたって、いろいろなお姿で現れることになっとったから、このそれぞれのお名前を三日にわたって念じあげる。これが十二月の二十日頃にある。**〝荷前《のさき》の使い〟**というのは、その年に収穫された新しい米を、帝の御先祖にお供えする——各地にある御陵《ごりょう》というところに、お使いを立てて持って行かせるという行事だな。これが御仏名の頃にある。この二つが始まってしまうと、「もう一年も終わりだなァ」という感じになって来る。四月にあった賀茂の祭の冬版である〝臨時の祭〟もある。公務員貴族の人事異動もある。新年を迎える行事の準備も並行してな、

大晦日の晩には〝追儺《ついな》〟〝四方拝《しほうはい》〟へと続く。

〝追儺〟というのは、今でいう節分の豆まきだな――「鬼はァ外!」というな。これをワシらの頃には大晦日にやった。一年の邪気を払うんじゃな。別に豆はまかんが、鬼になったものを、みんなで大声あげて追っ払って、おもちゃの矢で射かけるんじゃな。ワシらの時代よりズーッと前のことになると、都中がこれをやってな。ちょっとした屋敷の門には、鬼に扮装したやつらがやって来て、門をドンドン叩いたんじゃ。それの名残じゃろうな、大晦日の晩となると、軽い身分のやつらは町中を走って大騒ぎしよる。ワシらの時代には〝初詣《はつもうで》〟という風習も紅白歌合戦もなかったからな、やっぱり大晦日でハッピィ・ニューイヤーがやって来るとなると、人間、なんのかのと騒ぎたくもなるもんじゃろうな。あんたら若いもんの街頭行進とおんなじじゃわ。

「大晦日だ初詣行こうぜ!」ってな、結局神社の境内《けいだい》

でヤキソバ食っとるだけじゃろうが。ワシらの時代の〝初詣〟というのは、本式で素直にいいやつだよな。

しかしなんで、こいつ――というか、このワシは、正月が来ると〝**ジーンとくる**〟んだろうか？ 若い頃のワシはあんまり単純なやつでもないんじゃぞ。人があんまり評価しない〝**冬の月**〟というのを評価してな、やるせなくなっとる。冬の庭の〝**遣水**《やりみず》〟という小川から立ち上る狭霧《さぎり》のよさを評価するなんざ、並の若さではない。年が明けた朝の門松を「華やかで嬉しそう」と言っとるからといって、決してこいつは単純なテンシンランマン青年ではないわな。〝やるせない〟でいうとな、こいつは五月の田植の頃が「やるせない」と言っておる。田植が始まると、なんでやるせなくなるんじゃろうか？ ケナゲに農民どもが働く季節なんじゃがのォ。

若い時の気分じゃよ。自分のことなんざ深く考えはしないが、しかしある時、一斉に新しい季節が始まっ

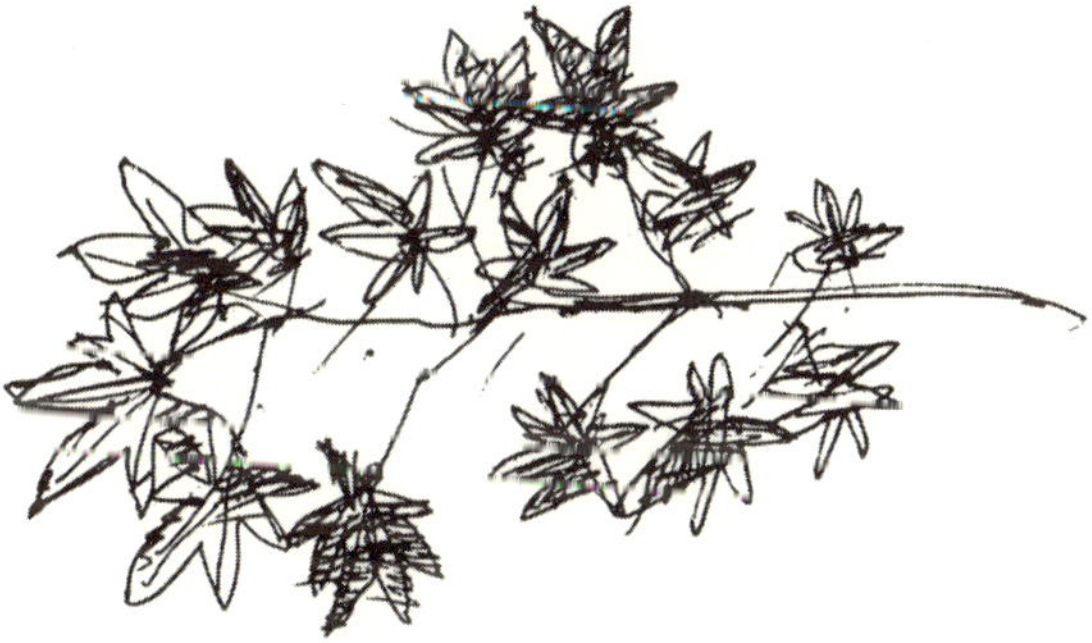

たと思いねェ。大学に落ちて浪人してだよ、別に自分はそれで落ち込んだというつもりもなかったけれども、しかし春のある日に、入学式の行列に出くわしたらどうするな？　別に呪うつもりもない、「自分も来年は頑張ってああなるんだ」と思ってもじゃ、どっかでガクンと落ちこむわな。町に出て、人はみんな用事があるようにして忙しく動き回ってはいるけれど、それを見ている自分は、その出て来た町の中で、さしてするべき用事もない——そう思ってしまったらどうじゃ？

〝やるせない〟というのはそんなことじゃな。

若い時の、朝廷で蔵人というものをやっとった時分の私というのは、そんなもんだった。春はいいよ、華やかだよ。もうとうの昔になくなってしまった王朝生活の〝文化〟なんぞというものもしのばれるから、現在のビンボーも忘れられるよ。だがな、その花が終わるわな。それからはますます勢い盛んな緑の季節ということになるわな。百姓は雨の中に、一生懸命田植をする。田植じゃから、祭もあるし踊りもある。しかしこのワシはどうだ？　ワシのいる貴族の世界はどうだ？　盛んになって行く緑が、これからの時代を象徴する〝武士〟ならば、華やかに、豊かに、そして散って行くものは〝貴族〟の文化じゃわな。清少納言女史はな、『枕草子』の初めのところで、春の行事をこと細かに書いておるぞ。正月には朝廷で大層な新年を祝う儀式が開かれた、一月の半分以上は正月の行事で大忙しじゃということは、『枕草子』の第二段を読むと、手に取るように分かる。正月は華やかなもんだから、清少納言女史は「いとをかし！」じゃ、「素敵♡　素敵♡」で、ハートマークを振りまいとる。その一方で、この私の〝春〟は「やるせない」に「心細し」じゃよ。この差はなんじゃ？　決して春は嫌いじゃない。華やかなのも嫌いじゃない。だがしかし、じゃよ。

四方拝で新年が明けて、門松がズラーッと並んでいる大通りはよいけれど、ワシの書くものには、人の気配がないわな。清少納言女史の言う一月一日は「空の気色《けしき》だってウラウラで、ふぁんたすちっくに霞がかかってるとこにさ、世界中の人はみんな、着る物やお化粧を特別気ィ入れてしてさ、帝のことも、自分のこともお祝いなんかしてるっていうのは、特別に素敵！」なんじゃぞ。こちらはメインストリートに人がひしめきあっとる。華やかでも門松だけのワシの時代とは違うわな。

なんでじゃろ？　答ははっきりしとる。そういう古き良き時代は、とうの昔に終わっておったということじゃな。ワシらの時代でも正月が来れば人は喜ぶ、人でにぎわう。しかしそれは、ワシの属しておる〝朝廷〟とか〝王朝貴族〟とか、ワシがいいなァと思っとる〝王朝文化〟なんかとは、また別の種類の人々なんじゃ。同じ町の中でワシはフッと足を止めて、町を行く人々を見とる——見ているということに気がついてしまった。やるせなさの始まりというのは、そういうもんじゃ。なにが「いい」という訳ではない。「立ち止まるな、振り向くな」じゃな。すべては変わって行く。その変わって行くことが、なにかにつけて、一々胸にジーンと来たんだ——青春のその年頃にな。

【第二十段】

なにがしとかやいひし世《よ》捨人《すてびと》の、「この世のほだし持たらぬ身に、ただ空の名残《なごり》のみぞ惜しき」と言ひしこそ、まことにさも覚えぬべけれ。

ナントカっていった世捨て人が、「この世の束縛を持たない身にたった一つ、空の名残だけがせつないな……」って言ったのって、ホントに絶対そうなんだって思うな。

第二十段の註

日本語は、分かりやすくて分かりにくいな。リズムのある美文というものはなんとなく続いて行っちまうから、なんとなく分かったような気になるなんてことは、前に言ったな。うっかり「化野《あだしの》の――」なんぞと言い出したら、それにつられて鳥部山は年中無休の火葬場の公害地帯にもなりかねないってな。それがいけねェって訳じゃねェんだ。人によって言い方はそれぞれ。感じ方もそれぞれ。そのそれぞれを一々「俺の言ったことはこうだ」「いや違う、あんたの言ったのはこうだ！」って、言葉の一つずつで議論をしてたらな、分かるようなものまで分かんなくなっちまうってことな。

誰かが言ったのよ「空の名残だけがせつないな」ってな。それを耳にして、俺は「そうだ……」と思ったのよ。その頃俺は、勿論まだ坊主になんかなってなかった。世捨て人なんかにもなってなかった。でもな、どっかの世捨て人が「空の名残だけがせつない」って言ったってことを聞いて、「ホントにそうだ……」と思ったのよ。「僕、世捨て人って分かる……」と、そう思ったのよ。憧れるのと分かるのとはまた別だけどな、でもな、「分かる……」と思って分かったことは、これは、なにはともあれ、本物よ。若い時は「それで世捨て人が分かった……」になりがちだけどな、実際は「世捨て人が感じるようなことを、僕も分かる……」だな。それだけ分かればいいじゃねェかと、俺は思うな。

若い時は分かりてェんだ。「せつない……」と思っていたいんだ。ただよ、そんなさっかけなんてもんは、なかなか見つからねェんだ。見つからねェけどよ、でも、「感じたい……」と思ってる気持は正直よ。「一体〝空の名残〟ってなんなんだ？」なんていう、つまんない詮索《せんさく》抜きで、俺は分かっちまったんだな。

空は広いわな。どんなに自分が「この世とは関係ない」と思っても、そういう自分の上にも空はあるわな。日が照って、雲は流れて、日は上り、日は沈み。夕暮れ時に夜明けともなれば、空の色は刻々と変わって行くわな。「自分は世の中とは関係ない。もう束縛なんかない！――このことだけは絶対に変わんないんだ！」と思っていても、そんなやつの頭の上じゃ、空はやっぱり、姿を変えるのよ。

ふと見れば空がある。またふと見れば、先ほどまでの空はない。そして、その空のどこかに、もう永遠に消え去ってしまった、あの無心に見上げていた時の〝空の名残〟というものはかすかに残る。

おい、分かるだろ？　俺はそれを感じたのさ。分かったのさ。現実は〝金〟ばっかりでな、「こんなもんと関係持ちたくないな」と思ったその時に、フッと、空なんかを見てしまった。そして、まァ、なるようになって行くんだな――やがて、な。

【第二十一段】

よろづのことは、月見るにこそ慰むものなれ。ある人の「月ばかりおもしろきものはあらじ」と言ひしに、またひとり、「露こそあはれなれ」と争ひしこそをかしけれ。折にふれば、何かはあはれならざらん。

月・花はさらなり。風のみこそ人に心はつくめれ。岩に砕けて清く流るる水のけしきこそ、時をもわかずめでたけれ。「沅《げん》・湘《しやう》、日夜《にちや》東《ひんがし》に流れ去る。愁人《しうじん》のためにとどまること少時《しばらく》もせず」と言へる詩を見侍りしこそ、あはれなりしか。嵆康《けいかう》も、「山沢《さんたく》に遊びて魚鳥《ぎよてう》を見れば心楽しぶ」と言へり。人遠く水草《みづくさ》清き所にさまよひ歩《あり》きたるばかり、心慰む事はあらじ。

色んなことは、月を見れば慰められるんだ。ある人が「月ほど趣《おもむ》き深いものはない」って言ったのに、もう一人が「露こそあはれだ」で論争したっていうのがいいよな。ケース・バイ・ケースで、どんなもんでも〝あはれ〟にはなるのさ。

月や花は勿論だけど、風っていうのが一番、人間に〝心〟っていうものを教えてくれるんだよなア。岩に当たってきれいに流れてく水の様子っていうのは、いつ見てもいいもんだし。

「沅江《げんこう》・湘水《しょうすい》、日夜東に流れて去ります、物思い人の為にとどまることはしばしもなしです」っていう詩を読んだ時って、ジーンとなったなア……。

嵆康《けいこう》も、「山川に遊んで、魚や鳥を見ていれば心はなごむ」って言ってたし。人家を遠く離れて、水や草が澄んでる所をさまよい歩いてるって時ぐらい、心が慰められることってないな。

第二十一段の註

嵆康《けいこう》というのは、中国の詩人じゃな——というよりは〝竹林《ちくりん》の七賢《しちけん》〟といって、世を捨てて野の竹林に住んで暮した大昔の偉大なる知的ヒッピーだな。〝沅江《げんこう》・湘水《しょうすい》〟というのは、通称〝沅《げん》・湘《しょう》〟という中国の川じゃな。「物思い人の為に、少しは止まってほしいのですぅ♬」ってな、さだまさしか小椋佳の世界じゃな。ワシらの時代に〝詩〟といったら、勿論〝漢詩〟じゃがな、いつの時代にあっても、詩を読む青年というのは、そんなもんなのかもしれん。考えれば考えるほど自分がみじめなような気がしての。

月は、自分の胸の内を空っぽにして、慰めてくれるような気がする。風は、自分の胸の中にあるモヤモヤを、スーッと吹き払ってくれるような気がする。澄んだ水の流れは言うまでもなし、じゃ。空は流れる。水も流れる。流れるものをただ見ていたいと、若い頃のワシは、そう思ったんじゃな。

【第二十五段】

飛鳥川《あすかがは》の淵瀬《ふちせ》常ならぬ世にしあれば、時移り事去り、楽しび悲しび行きかひて、花やかなりしあたりも人住まぬ野らとなり、かはらぬ住家は人あらたまりぬ。桃李《たうり》もの言はねば、誰とともにか昔を語らん。まして、見ぬ往古《いにしへ》のやんごとなかりけん跡のみぞ、いとはかなき。

京極殿《きやうごくどの》・法成寺《ほふじやうじ》など見るこそ、志とどまり事変じにけるさまは、あはれなれ。御堂殿《みだうどの》の作りみがかせ給ひて庄園多く寄せられ、わが御族《おんぞう》のみ御門《みかど》の御《おん》後見《うしろみ》世のかためにて、行末までとおぼしおきし時、いかならん世にもかばか

り褪《あ》せ果てんとはおぼしてんや。大《だい》門《もん》・金堂《こんだう》など近くまでありしかど、正《しやう》和《わ》のころ南門《なんもん》は焼けぬ。金堂はそののち倒れ伏したるままにて、とり立つるわざもなし。無量寿院《むりやうじゆゐん》ばかりぞ、そのかたとて残りたる。丈六《ぢやうろく》の仏九体《くたい》いと尊くて並びおはします。行成大納言《かうぜいのだいなごん》の額・兼行《かねゆき》が書ける扉、あざやかに見ゆるぞあはれなる。法華堂《ほつけだう》などもいまだ侍《はべ》るめり。これもまたいつまでかあらん。かばかりの名残だになき所々は、おのづから礎《いしずゑ》ばかり残るもあれど、さだかに知れる人もなし。されば、よろづに、見ざらん世までを思ひおきてんこそ、はかなかるべけれ。

「飛鳥川《あすかがわ》の淵瀬《ふちせ》」の常ならぬ世の中だから、時は移り物事は去り、喜びも悲しみも交互に起こって、華やかだった場所も人の住まない野原と変わるし、変わらぬままの家は住む者が変わる。「桃李《とうり》もの言わぬ」ならば、誰と一緒に昔を語ればいいのだろう？　ましてや、遠い昔に壮麗であっただろう廃墟は、ただただ、はかない。

京極殿《きょうごくどの》や法成寺《ほうじょうじ》などを見てしまうと、理念は残って実質が変貌してしまった姿が哀れになる。御堂《みどう》様が造り磨き立てられ、荘園を数多く寄進《きしん》し、我が一族ばかりが帝の御後見《おんうしろみ》・世の権力者としていつの世までもと思い定めたその時、どんな時代にこうまでも荒れ果ててしまうと予想出来ただろうか。

大門《だいもん》や金堂などは最近まであったけれども、正和の頃に南門は焼けてしまった。金堂はそ

の後倒壊したままで、再建の計画もない。無《む》量寿院《りょうじゅいん》だけが当時の形見として残っている。一丈《じょう》六尺の仏が九体、なんとも尊いままに並びおわします。行成《ぎょうせい》大納言の額や源兼行《みなもとのかねゆき》が書いた扉が鮮やかに見えるのには、胸が痛くなる。法華堂《ほっけどう》なんかもいまだにあるらしい。でも、それもまたいつまであるんだろう？これほどの由緒さえない場所では、たまたま礎石《そせき》だけが残っているものもあるけれど、はっきりと覚えている人間だっていない。だから結局、死んだ後のことまでを考えておいても意味がない、ということなんだろうな……。

第二十五段の註

どうじゃ？　今までとはなんか文章のトーンが違うじゃろが。私はもうこれを書いた時には坊主になっておった。坊主の十年選手でもあった。坊主になって、私は改めて妙にセンチメンタルな人間になってしまったという訳じゃな。

私が坊主になったのは、三十を越したばかりの頃じゃった。その頃の年号を〝正和《しょうわ》〟といったが、勿論あんたらの〝昭和〟とは違うわな。そしてその頃にな、〝御堂様《みどう》〟――即ち御堂関白・藤原道長さんの作った法成寺《ほうじょうじ》という寺の南門が焼けたんじゃな。南にある大きな門じゃから〝南大門〟じゃが、これが焼けたのじゃな。それがあってまたしばらくして、今度はその寺の金堂《こんどう》も倒れてしまった。金堂というのは、その寺の本尊を安置しておくお堂じゃから、言うてみれば寺の中心じゃわな。それが地震なんぞのせいでもあったのであろう、崩れてしまった。崩れて、そしてそれを再建しようという計画もなく、ただ崩れたまんまになっておったと。

私がこの文章を書いたのはその頃のことじゃよ。その頃には金堂の崩れた跡とな、阿弥陀仏を安置してある無量寿院《むりょうじゅいん》という建物だけが無傷で残っておるだけになった。無量寿院というのは極楽浄土を治められる阿弥陀仏を飾っておくところじゃが、極楽浄土というところは、上・中・下の三等級に分かれ、その内のそれぞれが更に上・中・下の三等級に分かれておった。つまり極楽浄土は九層の階級社会でな、そのそれぞれに仏がおいでになることになっておった。だから無量寿院には仏が九体あった。大きいぞ。それぞれが一丈六尺——つまり一尺が約三十センチで一丈は十尺じゃからな、30×16＝4メートル80センチという、これは立派な仏様じゃった。それを納める建物には額が掲げられ、こちらは藤原行成《ふじわらのゆきなり》が書き、その扉には源兼行《みなもとのかねゆき》という、どちらも当時名うての筆の名手が腕をふるった文字が書かれておった。それは残ってな、壊れるならいっそ全部壊れてしまえばいいに、ワシがこの文章を書いた頃には、まだこの無量寿院は丸ごと、廃墟の中に残っておった。まァしかしそれもじゃ、この後ワシが五十にもなろうという頃には倒壊してなくなってしもうた。その更にずっと後の話になるとじゃな、室町の頃には、もうこの寺がどこにあったのかということさえも分からんようになってしまっておったんじゃと。あの、藤原道長の寺がじゃぞ。「此の世をば我世とぞ思ふ望月の　欠けたることもなしと思へば」と豪語しておった、あの〝摂政関白中の摂政関白〟とも言えるお人が建てた寺がな。

生きている内に栄華という栄華のすべてを獲得したその余勢をもってよ、後生の安楽まで願った——「この先も我が一門が国の政治の中枢を独占出来ますように、死んだら極楽浄土に生まれ変わりますように」と祈ってだ、数多くの荘園を寄進して、打てるだけの手を打って築き上げた豪勢な寺がよ、この世の極楽もかくやというようなその寺がよ、最早跡形もない。

〝荘園を寄進する〟というのは、その荘園のアガリを寺の維持運営に当てられるようにという、財源保証じゃな。どれほどの額かは知らんが、とんでもない額の財源を当てられておったその寺がよ、最早その中心たる金堂を再建する力さえもない。一切が崩れて崩壊してしまったというのならまだしも、無量寿院の壮麗な姿はまだそのままでな、そこに金堂の瓦礫が散らばっておるのを見てみろ。まるで、「関白さんはまだ存命だが、その関白さんにはなんの力も意味もありませんよ」と言っているようなもんではないか。

〝京極殿《きょうごくどの》〟というのは、道長さんの屋敷のことじゃよ。これも立派なものだったというが、しかしワシのおった時代にはもう焼けて跡形もなかった。形はないが、しかし栄華の記憶は残っ

ておった。それあればこそ今もまだかつての時代の栄光というものが続いておるとも思うんじゃろうよ。しかし、そこにはもうなんの力もないのじゃ。倒れた金堂の華麗なる残骸を、同じように華麗な面影を残した無量寿院がただなすすべもなく見つめ続けているのとおんなじなのよ。京の都にはまだ帝もおわす。道長さん以来の〝一の人〟――つまり摂政関白家もまだきちんとおわす。しかし、おわすだけでなんの力もない。終わってしまったことを知らず、ただ昔と同じような顔をしてあり続ける。あり続けるのだけが〝栄華〟ででもあるような顔をしてな。

しかし、更によくよく考えてみれば、道長さんの以前にも力を持った時の権力者は大勢いたわな。たとえ道長さんの威勢の光がそれ以前の栄華をくらましたとしてもな、大勢の権力者がおったことには変わりがない。しかしじゃ、に

もかかわらず世間の人間がどれほどその権力者の名を覚えておるじゃろうか？　跡形もなく建物は消えうせ、ただ土台石ばかりが草ぼうぼうの中に残ってな、そこがなんの跡であったかを覚えておる人間はどこにもおらん。そんな〝栄華〟が一体なんだというんじゃよ。

〝飛鳥川《あすかがわ》の淵瀬《ふちせ》〟とはよく言うな。清少納言も『枕草子』で「川は飛鳥川！　〝淵瀬も定めなしでどうなっちゃうのか〟って、いいわねェ」と言っておる。「〝飛鳥川〟といえば〝淵瀬定めなき〟で、世のうつろいやすいことのたとえ」というようなことは、モノの本にはみんな書いてあるじゃろう。しかしこの〝淵瀬定めなき〟というのは一体なんなんじゃ？

〝淵〟とは水の深いところ、〝瀬〟とは水の浅いところ――ただそれだけじゃよ。〝淵瀬定めなき〟と言われりゃ、なにか深くも美しいものを感じるじゃろうよ。それも結構じゃが、しかし実際というものは「浅くなったり深くなったり」のただそれだけじゃ。現実というものはそういうものじゃ。いかに壮麗だとて、立派であったとて、力を失って倒れたものは、ただの無意味じゃ。廃墟はただ廃墟で、ミもフタもなくただ倒れているだけじゃ。「助けてくれ」の一言も言えずにな、ただ忘れられ、消えて行くのを待っているだけじゃ。廃墟は廃墟のまま無残な姿をさらし、しかも世の多くの人々は、その廃墟のあることさえも、とうの昔に忘れてしまっておる。

なァ、そんな立派な〝形見〟を残してなんになるな？ なんの意味もないわな。真実「はかない」とはな、たった一言、その「はかない」とさえも言えんことじゃよ。

ワシも坊主になる前は、どこかで「はかない」ということに憧れておったのかもしれん。世の中のはかないことばかりを探して、そしてそのことを理解しない周囲に対して怒っておった――のかもしれん。自分で自分がどうにもならんから、それで八つ当たりのようにしてな、更にはかなさに憧れて、そして、なんだか感情に押し流されるようにして坊主になっちまった。そんなところもあっただろうよ。髪の毛を剃って「これでもうお前と世の中との間は一切関係がないんだぞ」と思ってな、なにも考えずに修行に励むわな。それで「はい私は坊主です」と、当人は悟ったような気がするわな。しかしそうやって落ち着いてみると、最早自分は取り返しのつかんところにいるわな。坊主は坊主で、もう今更「世の中なんか関係ない」とも言えんわな。「世の中なんか関係ない！」と思ってツッパッていた頃の自分には、まだまだ余裕があったということに、そうなって初めて気づくのじゃな。ツッパリの突っかえ棒がはずれた分だけガクッと来てな、自分でも分からん内にドッと来る。その前に「こういうもんがはかないんだ……」とかな、勝手に美しがっておったものは、実は「はかない」のではなく「美しい」ものであって、「はかない」ということはただ「はかない」ということだけなのだ、とな。

気がつくと、自分はもうそのなんのヘンテツもない「はかなさ」のド真ん中にいる。それまでは別に帰る気も戻る気もなかったものが、今更引き返せない自分に気づくのじゃな。

坊主となった今の自分は、最早世の中のはかなさを憂うることも、そのはかなさに世間の人間が気づかぬことにも怒る必要はない。なにを

思うのも自由じゃ。自由になってしみじみと昔を振り返れば、思い出すことはいくらでもある。あって、しかしそのことを話す相手は、もうおらんのじゃよ。〝**桃李《とうり》もの言わぬ**〟というのは、桃の花も李《すもも》の花も満開に咲きは咲いても、その花の美しさを愛でる相手にはなってくれんということじゃな。はかないとはこんなことかと、ワシは坊主になってから、十年もたってやっと気づいた――。

【第二十六段】

風も吹きあへずうつろふ人の心の花になれにし年月を思へば、あはれと聞きし言の葉ごとに忘れぬものから、わが世の外《ほか》になりゆくならひこそ、なき人の別れよりもまさりて、悲しきものなれ。

されば、白き糸の染まんことを悲しび、路《みち》のちまたのわかれんことを嘆《なげ》く人もありけんかし。堀川院《ほりかはのゐん》の百首の歌の中に、

むかし見し妹《いも》が垣根は荒れにけり
茅花《つばな》まじりの菫《すみれ》のみして

さびしきけしき、さること侍《はべ》りけん。

風も吹かないのに散っていく、人の思いの花に慣れてきた年月を思えば、「あはれ……」と感じた言葉のひとつひとつを忘れはしない――けれども、自分が無関係になって行く事実こそが、死に行く人との別れにもまさって、悲しいもんなんだ。

だから、白い色が染まって行くことを悲しみ、路《みち》が二つに分れて行くことを歎く人もあったっていう。

『堀川院の百首歌』の中に――

「昔見た、あなたの垣根は荒れました、茅花《つばな》まじりのすみれ一つが」

さびしい景色。

そんなことも、あったんだろうさ。

第二十六段の註

もう、最初の内はなに言っとるのか分からんな。これはもう全部、詩だと思ってくれな。〝**人の思い**〟というものは、桜の花よりもうつろいやすいというんじゃよ。桜の花は風に散るが、人の胸に咲く思いという花は、風も吹かぬに様子を変える、とな。私も、そのうつろいやすい人の思いと付き合って来た、と同時に、私の胸の中にだって、なまめかしい〝花〟のようなものもあった、でもそんな年月も終わってしまったと。坊主になって、その先ワシはまだ「イキケンコー!」を合言葉にして生きて行くけどよ。でもな、「ああ、もう自分はなにもかも一切合財《がっさい》から無関係になって行くんだな」という、そういう時期はつらいのよ。昔はこんな

ことを〝無常感〟といった。でもな、あんた方なら分かるだろ？　青春との訣別とはそんなもんだろ？　分かるか？　まだ分からんか？

いつかその内、分かるだろうよ。

ススキのような雑草さ、茅花《つばな》というのはな。雑草の例にもれず繁殖力は強い。「美しい屋敷の中にいたあの人は今どこにいるんだろう？　この屋敷さえ荒れ果てて、でも、その雑草の中にスミレだけが……」と。

昔の――『堀川百首』という歌集にな、こういう歌もあった。

人が死ぬならまだましさ。生きている自分が、なにもかから関係なくなって行く。なくなって行って、でも、それでもまだ、変わってしまった思い出の痕《あと》だけは残っているんだもの な。

昔、坊主は青春してた。青春抱いてオジンになった。そうして人は、生きて行くんだ。

なんの為に青春を捨てるか？

そりゃお前、決まってるだろ、強くなる為、生きる為だよ。さっさとそんなもの、捨ててしまえな。青春を〝未練〟にしてしまっては、昔見たスミレの花も嘆くだろうさ。な？

【第二十九段】

しづかに思へば、よろづに過ぎにしかたの恋しさのみぞ、せんかたなき。

人しづまりて後《のち》、長き夜のすさびに、なにとなき具足《ぐそく》とりしたため、残し置かじと思ふ反古《ほうご》など破《や》り棄《す》つる中に、なき人の手習ひ絵描きすさびたる見出でたるこそ、ただその折の心地すれ。このごろある人の文だに久しくなりて、「いかなる折いつの年なりけん」と思ふはあはれなるぞかし。手なれし具足なども、心もなくて変らず久しき、いと悲し。

＊＊＊

静かに思えばなににつけ、過ぎ去った時の恋しさだけはどうしようもない。

人の寝静まった後、長い夜の退屈しのぎに、たいしたこともない道具をかたづけ、捨てちまおうと思う書き損じなんかを破り捨ててる内に、死んだ人の手習い書きや落書きの絵を見つけ出してしまうと、ただその時の思いがよみがえって来る。

まだ生きている人の手紙でさえ、時がたって、「どんな時、なんの年だったろう……」と思うのは胸にくるじゃないか。使い慣れた道具なんかも生き物じゃなし、変らないままでずっとあるのが悲しいだけだ。

第二十九段の註

そうやってな、私も変わって行くんじゃや。坊主は坊主として、生きて行く喜びも道もあることを知ってな——。

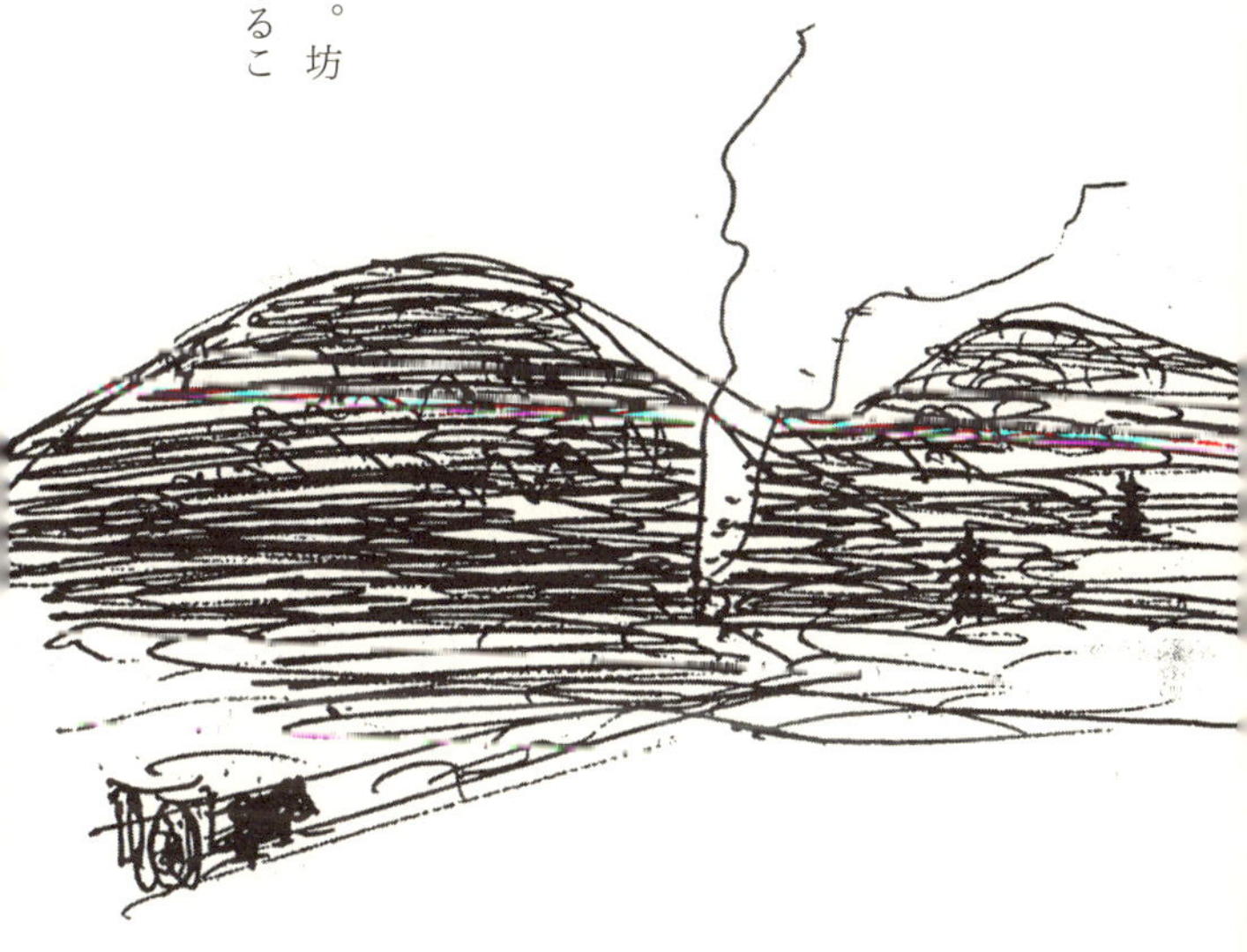

坊主篇

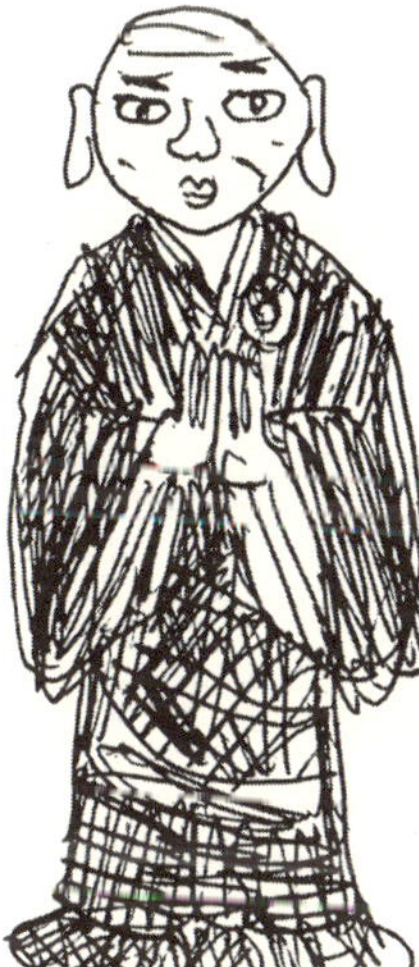

【第三十五段】

手のわろき人のはばからず文《ふみ》書きちらすはよし。見ぐるしとて人に書かするはうるさし。

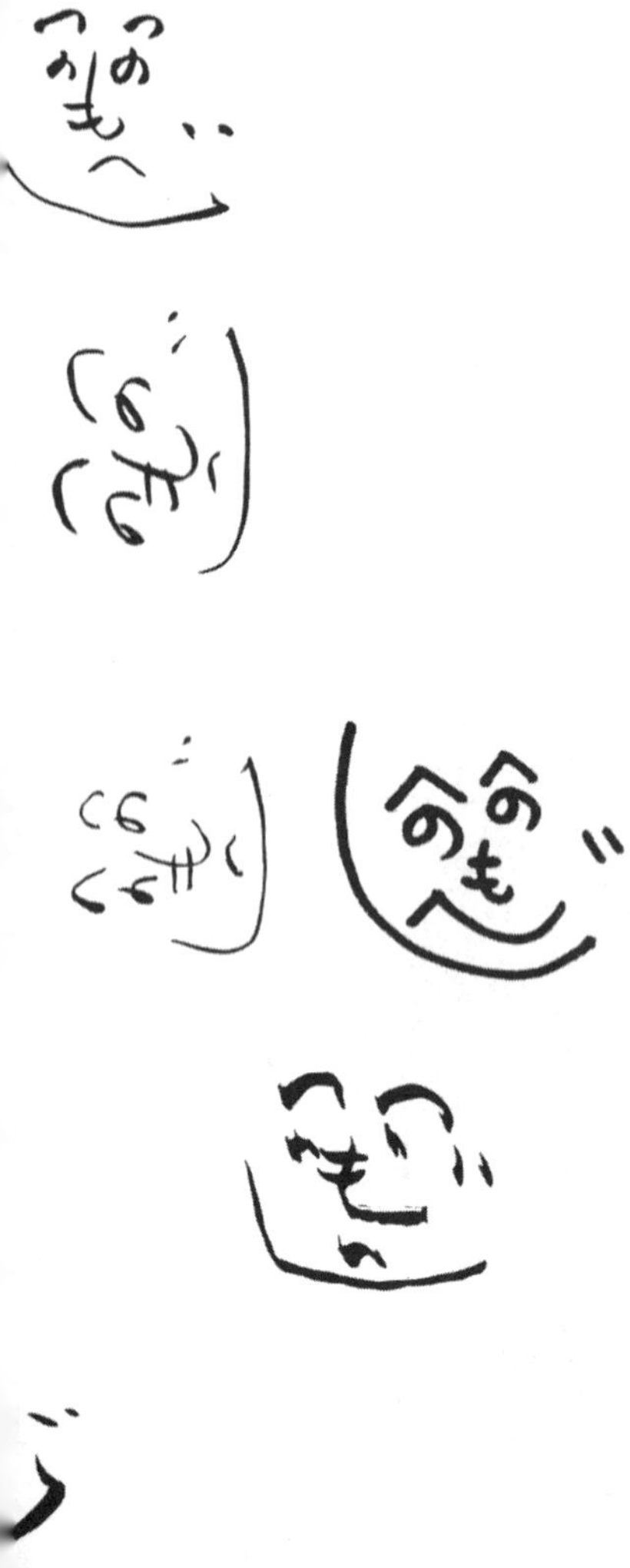

字のヘタな人間がかまわずに手紙を書きまくるのは、よし。「みっともねェ」ってんで、人に書かせるのはうっとうしい。

第三十五段の註

さて、ワシは坊主になった。ケンコー・ザ・グレイトマスター・オブ・ブッディズムじゃが、坊主はいいぞォ。なんてったって、人にデカイ口をたたける。なんたって、人に説教をするのが坊主の仕事じゃからな。まァ、説教と説経は違うんじゃが、それは後の話じゃ。坊主がなぜエライかといえば、それは一遍坊主が人生を捨てておるからじゃな。人間、誰しも自分の人生をただ一度きりのものと思うて、「失敗せんように」とウダウダやっておる。しかしワシは、もうそんな人生なんぞは捨ててしまった。悩んだ末に坊主になった人間が、そうなってまで悩んでおったら、もう坊主なんぞはやっておれん。だから、さっさと断言してまうんじゃな。人生は明快がエエわな。

という訳で、こういう話になるんじゃな。

ここで言うのは見栄の話じゃな。字が下手で、手紙を書くのが恥ずかしいと思ってな、それで字を書かないまんまだったら、字というものは一向にうまくならん。人間、必要があるから手紙というものを書く。自分の言葉を一々他人に取り次がせていたら、〝自分〟というものがどこかに消えてしまうわな。下手な字でも自分——そう思えば、文字の中にも自信というものが生まれてな、おのずから〝味〟というものが生まれて来る。風格というものは、生まれるものなら、そうした恥の中から生まれるもんじゃ。ただ人並の上手下手ばかりを問題にしとって他人まかせにしとったら、とんでもなくつまらん人間になっちまうわな。ワシらの時代じゃと、ちょいとした人間なら、気のきいた代筆の人間を手元においといた。だから「ちょいと書いとけ」ですんだ。そういう人間を雇うゆとりのない人間というのは、あまり自分から手紙を書く必要のない人間じゃったり――つまり社会的な地位を持ってないとか、字を知らん――だから書けないという、下層民ぐらいじゃや。しかし、そんな代筆要員を雇える格の人間がロクな字も書けんというのは、こりゃ人格の程度を疑われるようなもんでな、だからこそなおのこと、自分の下手な字をこわがって自分から字を書かんようにはしたんじゃろうが、しかし、ラブレターの返事をワープロで打ったら困るじゃろ？　「なに気取ってカッコつけてんの、このバカは？」と、ラブレターが書けて、ラブレターをもらえる程度の頭を持った女なら、思うわな。仕事の文書ならともかく、〝自分〟というものを見せてアピールせんけりゃならん手紙によ、ワープロ使うバカがどこにあるというようなもんじゃな。ヘタならどんどん書き散らせ、それで笑うやつなら蹴散らしてしまえ。そして、時々「俺ってやっぱ、字が下手だなア……」と謙虚に思え。そうすりゃ字なんざ、うまくはならんが、読めるようなもんにはなる。〝味〟というのはそういうとこから生まれるもんで、〝お前さん〟という人間もまたそういうもんじゃや。な、坊主の言うことはさすがじゃろ？

【第三十六段】

「久しく訪れぬころ、『いかばかり恨むらん』とわが怠り思ひ知られて言の葉なき心地するに、女の方《かた》より、『仕丁《じちやう》やある、ひとり』など言ひおこせたるこそ、ありがたくうれしけれ。さる心ざましたる人ぞよき」と人の申し侍りし。さもあるべき事なり。

「長い間訪ねてない時に〝きっと恨んでるだろうなァ〟で自分の無精《ぶしょう》を自覚して言い訳のない気分がしてる、とそこに、女の方から〝仕丁《じちょう》っている？　一人なんだけど――〟なんぞと言って来たっていうのは、ホントにありがたくって感謝だなァ。そういう精神構造してる女ってのがいいよなァ」と、人が言っておりましたがね、さもありなんということったわな。

第三十六段の註

これがなァ、自分の話だったらいいよなァ。こんないい女がいたら、俺だってミスミス坊主になんかなってなかったかもしんねェもんなァ……。

知っての通り、ワシらの時代、まともな女は家の中の奥にいる。奥にいて、まず男のところになんか来ない、外にも出ない。しかたないから、男は女のところへ通って行く。男は通ってって、女はただ待っている。男が通って来れば愛情があって、来なくなりゃ愛情はない。「簡単でいいなァ」と思うかもしらんが、簡単は簡単だわな——飽きた女と手を切るのにはな。行かなきゃいいんだから。しかしテキもさるもので、男の足が遠のいたら、まともな女は手紙を書く。「どうして来て下さらないの」と恨み言を言って来るし、その恨み言を言う為に〝和歌を詠んで贈る〟という習慣もある。女がしつこく言って来るのに耐えられるような男なら、別に〝簡単〟もへったくれもなく、女とどうやったって手なんざ切れるわな。恨み言を言われりゃ、男もバカだから、ホントはそろそろ飽きかかってうんざりしてる女のところにも顔を出す。顔を出して、また

遠のいて、更にひどい恨み言を言われる為の下準備をする。男と女はそんなもんじゃが、しかし男だとて、別に「飽きた」「嫌い」で足が遠のくという訳でもない。世には〝よんどころない事情〟というのもある。仕事が忙しいだの、親が病気だの、それとはまた別口で他の女にポーッとなってついほったらかしといた、だの――。「あいつもいいが、こいつもいい」で両股かけて、一時の気まぐれで、本当は〝本命〟であるような女から足がつい遠のいてしまうことだとて、ある。

なことやっといて「あーあ、深入りしたわりにつまんねェ女だった、やっぱり前のがいいよな」と思うこともある。思ってても敷居が高すぎて足が向けにくいとかな。別に両天秤《てんびん》をかけなくとも、自分のスケベ方面に対する深入りぶりにうんざりして自己嫌悪なんぞというものを起こして、一人でボーッとしてる内になんとなく女との仲が疎遠になっちまうということだってある。「あいつ、俺のこと恨んでるだろうなァ……」とは思うけれども、男心というのもデリケートなもんだから、「面と向かって恨み言を言われるんだったら行きたくねェなァ……」ということにもなる。いつの間にかズルズル疎遠になるというのはそんなこったが、女というのはバカなもんだから、自分のほったらかしにされてる〝女の不幸〟ばっかりを抱きしめて、男の初心《うぶ》なジタバタというところにまでは考えが及ばない。色恋なんぞというものは、惚れたハレたのお互い様でな、一方が「飽きた」だけでそうそう簡単に終わるものでもない。終わるも終わらぬも、それもお互い様の恋の道じゃ。恋というものは〝本気〟

のぶつけ合いばかりじゃない。人間の〝真情〟なんぞというものはそうそう剥《む》き出しになっておる訳ではなくてな、なんらかの偶然、なんらかのきっかけ、どうってことのない些細《ささい》なことの積み重ねで出来上がっておる。男の足がしばらく遠のいたからといって、それで即「愛がない！」はアホウのセリフ。そこまで独占欲の強いオノレの病に気がつかないでいるのも、やはり家の奥に住まいっ放しの女の欠点かもしれんな。

男を呼び寄せたければ、相手の男がのりやすいキッカケというものを、呼び寄せる方が作らにゃならん。〝仕丁《じちょう》〟というのは、貴族の家で召し使うとる下男、使用人じゃな。ちょいとした雑用に使う。ちょいと臨時の用で人手がいる、「すいません、気のきいた仕丁が一人いたら貸していただけません？」なんぞというのはよくあることじゃや。頭のいい女は、そういう日常をよく知っとるんじゃな。人間というのは、きっかけがなければ動きにくい。だからこそ、ボサーッとしてりゃ自分もズーッと陽の当たらない家の奥でジッと男を待ってなけりゃならなくなると、頭のいい女ならば、我が身のおかれようから推《お》して、人間の〝動き〟というものを考えるわな。「仕丁ひとり、貸して下さらない？」と言って、それで気のある男なら、「ついでにオレも来ちゃったァ♡」と言って来るわ。ダメになってる男なら、「悪いけど、今こっちも人手が足りなくて」と言うわ。言われたその後で、男を恨むんなら恨めばいいこと。なんてことない顔をしといて、男がやって来られるようなきっかけを作っといて、恨みを言うんなら、その関係が以前通りになってから言えばよい。剥き出しの〝愛〟は、人を醜くするもんでな。それが分からん女はダメ。我が身の不幸を嘆くはたやすいが、男だとてどれほどのものかと、相手にまで思いをはせられるような女がいればなァ……。俺だってなァ……、とかはなァ、坊主の言ってはならぬこと、ならぬこと——。

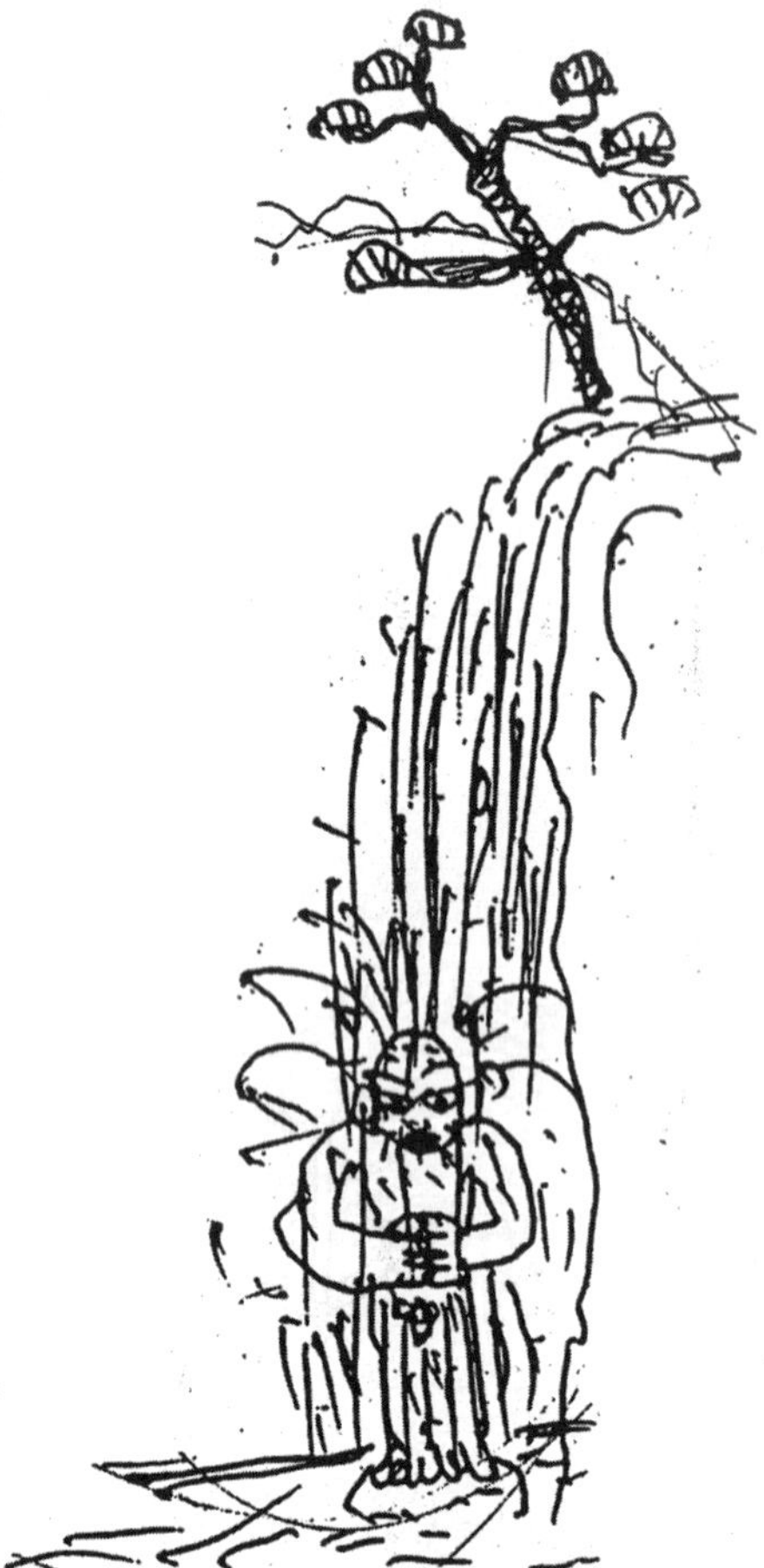

【第三十九段】

ある人、法然上人《ほふねんしやうにん》に「念仏の時、睡《ねぶり》にをかされて行《ぎやう》を怠《おこた》り侍る事、いかがしてこの障《さは》りを止《や》め侍らん」と申しければ、「目のさめたらんほど念仏し給へ」と答へられたりける、いと尊《たふと》かりけり。また「往生《わうじやう》は、一定《いちぢやう》と思へば一定、不定《ふぢやう》と思へば不定なり」と言はれけり。これも尊し。また、「疑ひながらも念仏すれば往生す」とも言はれけり。これもまた尊し。

＊＊＊

ある人、法然《ほうねん》上人に「念仏の時、眠りに襲われて行いを怠ります、どうすればこの悪癖をやめられますでしょう？」と申したらば、「目のさめている間だけ念仏なされさ」と答えられたとか。ヒジョーに尊いわな。また、「往生《おうじょう》は、確実と思えば確実、不確かと思えば不確かだな」と言われたとか。これも尊い。また、「疑いながらでも、念仏すれば往生する」とも言われたとか。これもまた尊い。

第三十九段の註

という訳で「坊主の話」というか「仏教の話」じゃわな。「受験生の話」でもあるかな。人が死んだら「ナムアミダブツ」というわな。言ってる方は「安らかに眠って下さい」というようなつもりで言っておるわな。ところでこの「南無阿弥陀仏《ナムアミダブツ》」の〝南無〟というのは、「一切を捨ててあなたに帰依《きえ》します、すべてをおまかせします」という意味じゃな。つまり「ナム阿弥陀仏」というのは、「阿弥陀如来様よろしくお願いします」という意味じゃ。「ナム・ミョーホーレンゲーキョー」と言ったら「素晴らしい（妙）法蓮華《ほうれんげ》経――つまり、法華経に一切をお預けいたします、どうぞよろしく」という意味、「南無観世音菩薩《ナムカンゼオンボサツ》」ということになったら、「観音様よろしく……」という意味じゃ。

人が死んだら「ナムアミダブツ」と言っちまうというのは、「阿弥陀様、よろしくお願いします」ということで、死んだ人間を阿弥陀如来のところに送り届けようという、生きてる側の祈りじゃわな。じゃァ、なんだって死んだ人間は、死んでから阿弥陀如来のところに行くのかというと、悟りを開く為じゃな。人間は死ねば仏になるというが、しかし、そう簡単に仏にはなれんわな。仏というのは、悟りを開かねばなれんもの。そして、悟りを開く為には、色々の欲望を捨てて、一生懸命修行をしなければなれんもの。そして、なにが難しいといって、迷いというものを捨てるということが一番難しい。生きてりゃ欲も生まれるもの。だから、死んでしまえば欲もなくなる、なくなりゃ修行もしやすかろうと。生きている間に悟りを開けずに死んじまった人間は「あー残念でした」ということにはならずに「やっとこれから悟りを開けるようになるよ、よかったね」と言われて、阿弥陀如来のもとへ送られる。つまり、死ぬことは、悟りを開く第一歩、だから死んだ人間へ贈る言葉が「南無阿弥陀仏」であるということじゃな。よく分からんかったらよく分からんでよろしい。法然上人も「テキトーでいい」と言っとられるからな。

「勉強中眠くなるんですけどどうしたらいいでしょう?」「眠くならない時だけ勉強すりゃいいじゃねエか」――法然上人の言うことはこういうこったわな。こういうことを言われりゃ困るというのは、「なこと言われたら寝てるだけになっちゃう……」ということがあるからじゃが、人間眠いのは眠りたいからじゃ。「だったらさっさと寝ろ」ということった。本当に勉強したいという気になったら、別に『眠い、いやだ』という気持も起こらん。眠いと思うのは「かったるいなァ……」といやがっとるからじゃ。さっさと寝て、「かったるいなァ」という迷いをとっといた方が効果的だぜ、ということっちゃ。なにしろ「生きてる内は迷いが起きて、悟りなんかは開きづらいが、死んじまったらもう安心、なんのためらいもなく勉強出来ますぜ」という、仏教というのはそういうセンテンスでものを考えとる世界じゃから、お前なんぞはゴマメの歯ぎしりというところじゃな。別に現実の時間なんざ、どうってことない、それよりも、悟りを開いて楽に生きる方がズーッと重要だという、生きてるのか死んでるのかよく分からんくらいまで人間を生かしとくのが仏教の考え方じゃからよ、〝死んでる〟なんてことも別にどってことはない。

法然上人の言う〝**往生**〟というのは、〝極楽往生《ごくらくおうじょう》〟ということだわな。極楽往生っつったら、死んで極楽に行くことで、だから〝往生〟っつうのは死ぬことだわな。ところで、〝死ぬ〟っつうことは「これからいよいよ安心して悟りを開く修行が出来るからよかったね」の第一歩で、「もうさんざん眠っちゃったから別に眠くないよ」と言えるような状態のこったわさ。人間なかなかラクは出来ん。生きてる内にはつらいこともある、ウットウシイこともある、と。今のあんたらにとって〝身分〟ちゅうようなもんはよう分からんじゃろうが、ワシらの時代なんぞは、一生働きづめに働いて、「なんのいいこともあるまいぞ、人生なんぞはつらいだけ」という、そういう時代でもあったわな。名もなき大衆というのは、そういうもんじゃった。まァ「一生働いても家の一軒も買えん、俺の一生ってなんなんだ？」と考えるのが、あんたらの時代の名もなき大衆ならば、別になんも変わってはおらんが、法然上人というお人はな、そういう名もなき大衆という〝救われない人間達〟に向かって、「人間死んだらみんな極楽に行けるんだから、そう簡単にあきらめなさんな」という教えを説いた方じゃな。鎌倉時代の初めのお人じゃから、ワシよりかは百五十年ほど前の人じゃ。

「死んだら極楽に行ける」というのが極楽往生で、そうなる為には条件というものがある。

生きとる間の行いが正しくなかったならば、極楽に行けずに地獄へ堕ちるからな。地獄へ行くのがやだったら行い正しく生きましょうになる。で、「〝行い正しく〟というのがどういうことかよく分からないんだったら、〝ナムアミダブツ〟の念仏を唱えましょう」というのが、法然上人の教えじゃ。「死んでから極楽行って、なんのいいことがあるんだよォ」といったら、それはお前さんの頭が鎌倉時代の名もなき大衆並みじゃということったな。お前さんは、地獄の存在は信じとらんが、天国の存在は信じとる。だからこそ「別に死んだってどうってことねェのに、それで天国行ったからってなにがいいんだァ?」と思っとる。地獄がなけりゃ天国もない。天国だけあって地獄がないとか、地獄だけあって天国がないということはないんじゃな。今から七、八百年前の人間達は、「死んだら地獄に行く!」と言われりゃ、こわかった。ところがあんたらは「またァ!」で終わりじゃろ?

地獄に行くなんてことを考えてしまう程度の人間には、「天国に行けることだってあるよ」ということが救いになる。「地獄だなんてバカなこと言うなよォ」というやつには、「関係ねエじゃん」というだけの話じゃがな。「地獄も天国も関係ねェけど、なんかすっきりしなくって、俺の人生って一体なんなのよ?」でグズグズしとる人間にとっては、自分の頭でスッキリ物事が考えられるというのが〝救い〟じゃわな。別にあんたらは、死ななくとも自分の頭でものを考えることは出来るじゃろ。死なきゃものが考えられないような大昔とは時代が違うんじゃからな。

つまり、往生というのは、昔の人間にとっては「死んで幸福になる――幸福に死ねる」じゃったが、今のあんたらにとっては「生きて分かって楽になる――自然に生きる」という、そういう違いになるんじゃな。人にすがらねばどうにもならん時代には〝信仰〟というものも意味がある。しかし、自分でなんとかしようと人間がみんな思っちまったら、〝信仰〟というのにはあんまり意味がない。「ナム・アミダブツ」の〝ナム〟が「一切を捨ててあなたにおすがりします」で、今時そんなこと言うやつは「アブねェやつ」でしかないじゃろうが？　そういうこったわな。

で、信仰の種明かしをするとじゃな、問題というか、謎を解く鍵は、ナムアミダブツの〝**阿弥陀仏**〟じゃ。この阿弥陀様というのは、仏教という人間救済理論の〝大衆担当〟なんじゃな。阿弥陀様が阿弥陀様になる前は、〝法蔵菩薩《ほうぞうぼさつ》〟という名で呼ばれとったんじゃが、この法蔵菩薩は〝悩める衆生《しゅじょう》〟を救おうという決心をなさった人ということになっておる。

〝**菩薩**〟というのはなにやらシチ面倒臭くて神秘的じゃがよ、これは実のところ〝悟りを開いた人〟ということなんじゃな。普通の人間なら、まァ、生きとる内にそんなことは出来んが、中には特別な出来の人もいてよ、〝菩薩〟にもなっちまう。釈迦も菩薩のひとりではあるんだが、凡人の側から見りゃァ、そんな悟りを開いちまった人間なんか、あの世の人で、背中から後光がさしとるようにも見えるからよ、ほとんど神様扱いになっちまったってこったな。

人間には色々あってよ、名もなき大衆とか凡人とかいうのは、これはもうみんな「自分の力ではどうすることも出来ない」と思っとる〝縁《えん》なき衆生〟というやつじゃな。「自分の力じゃどうすることも出来ない」と思っとるから、〝きっかけ＝縁〟というのがつかめない。自分の力で自分をどうとかする、その〝きっかけ〟を持つことを〝縁ある〟という——つまり、〝縁なき衆生〟というのは、「なんか、なかなか自分の頭で考えるっていうきっかけがつかめなくてさァ……」というあんたのことじゃ、という訳じゃ。「なんか、考えようとすると眠くなっちゃってさ……」というな。「俺ってあんまり頭よくないから……」のまんまで行くと、一生これは〝縁なき衆生〟で終わるな。縁なき衆生というのは、こりゃもう生きたまんま地獄で暮してるのとおんなじなんじゃから、「今更、死んだ後で天国行ったってしょうがねェだろォ！」なんてことをうそぶいちゃったりする訳じゃな。

人間には色々いて、ワシのように自分の頭で考える人間もいれば、あんたらのように「このままじゃいけない気がする……」のまんまのやつもおる。だが人間というのはみんな平等なんじゃから、みんな平等になんとかなれなきゃいけない——その「なんとかなれるよ」と言ってくれる、〝あんまり頭よくない人間部門〟の象徴が阿弥陀如来であると、そういう訳じゃ。

つまり、「南無阿弥陀仏」と唱えるということは、「僕はあんまり頭がよくありません、そのことはもう、とことん認めちゃいたいんで、よろしくお願いします」ということなんじゃな。「自分はバカです、バカでなんのとりえもありません」と、くそ面白くもないことをズーッと唱えているとじゃよ、「そんなことはない、たったひとつ、素直に自分をバカと認めちゃうという、いいとりえがあるじゃないの」と言ってくれるものが現れる。己の心の中に阿弥陀如来がフッと顔を出すというのは、実はそんなことなんじゃな。なにが難しいと言って、ひたすら謙虚になって、"南無"の二文字が分かるようになるのは大変なことだからよ、「そういう風になれる為にリラックスして行こうな」と、法然上人は言っておる——「疑いながらでも、念仏すれば往生する」というのはそういうことじゃが、そこがワシは尊いと思ったな。法然上人とワシとでは、浄土宗と天台宗とで宗派が違うから、あまり細かいことはどうこうも言えんが、「テキトーは大事よ」と言っておる、その姿勢がさすがに尊いと、ワシとしては思うんじゃな。

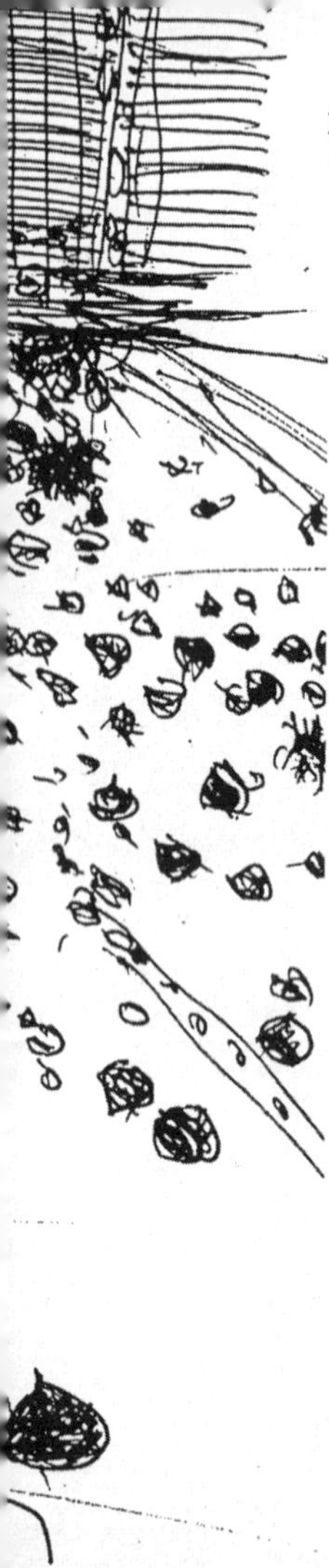

【第四十段】

因幡国《いなばのくに》に何の入道とかやいふ者の娘、かたちよしと聞きて、人あまた言ひわたりけれども、この娘、ただ栗をのみ食ひてさらに米《よね》のたぐひを食はざりければ、「かかる異様《ことやう》の者、人に見ゆべきにあらず」とて、親許さざりけり。

＊＊＊

因幡《いなば》の国でな、ナントカ入道《にゅうどう》とかっちゅうやつの娘、美人で評判で、男が大勢言い寄って来たっちゅうんだが、この娘、やたら栗ばっかり食って一向に米の類を食わなかったもんだからよ、「こんな異様《アブノ》なやつ、男にくっつける訳にゃいかん！」てな、親は許さなかったんだと。

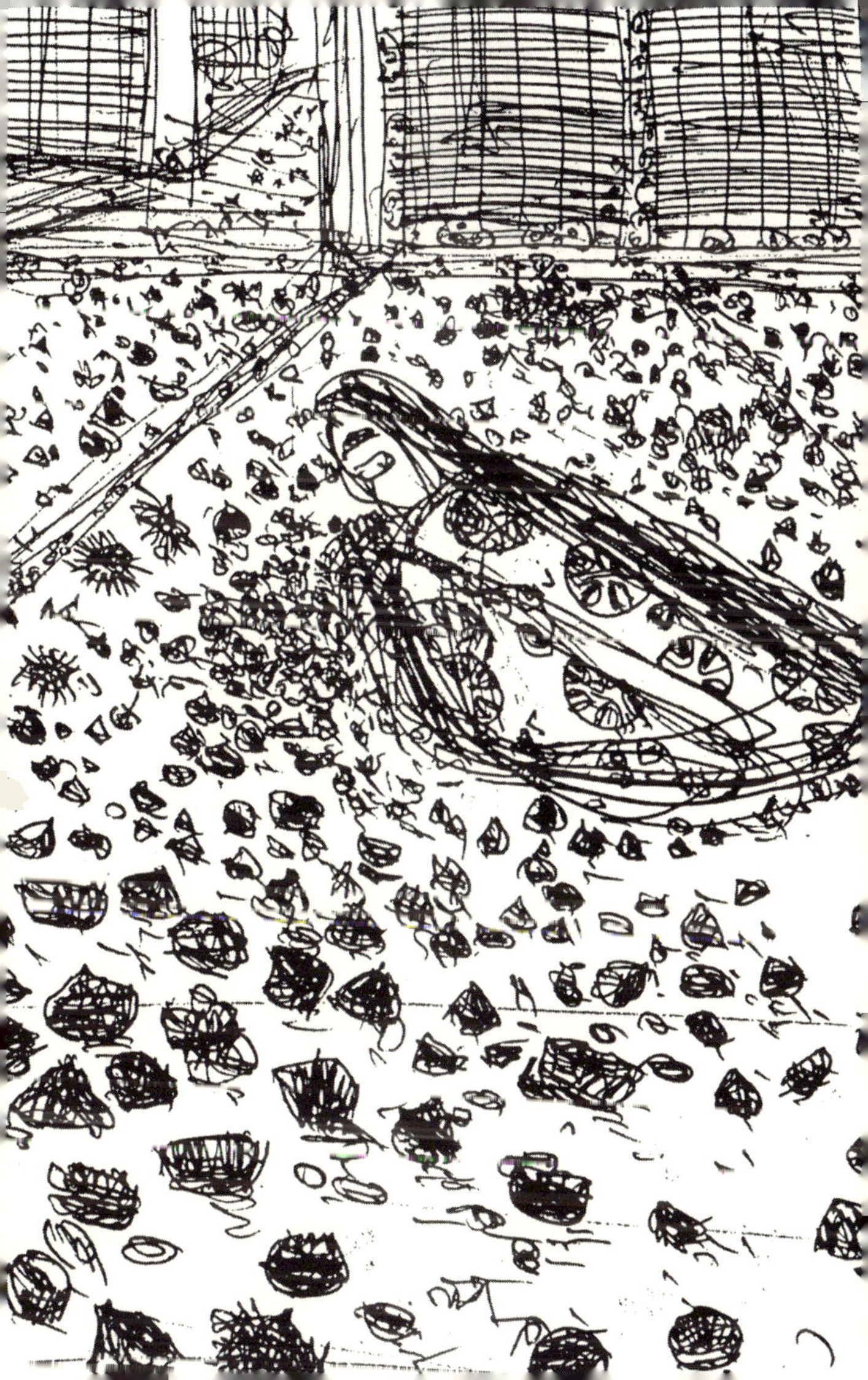

第四十段の註

因幡の国というのは、あんたらの地図でいえば鳥取県じゃな。そこにナントカ入道という男がおった。〝入道〟というのは〝仏の道に入った人間〟のことじゃから、当然坊主ではあるな。坊主ではあるけれども、それは頭の形だけで、この坊主は実際は相変わらず自分の家で普通に生活をしとる。こういう人間にとって坊主になることになんの意味があるのかというと、結局は〝当人が好きだから〟ということでしかないな。坊主になっても今まで通りの生活をしておって、それで〝ナントカ入道〟という名前で呼ばれるということは、当人が坊主であることを強調したいからだ、ということでもあるしな。〝ナントカ入道〟と言われれば、普通はまァ「坊主か……」と思うところじゃろうが、そういう思い方はあまり意味がない。ワシらの時代に〝ナントカ入道〟と言われて、一番最初にピンと来ることは、また別じゃ。

その男が〝ナントカ入道〟ということになったら、まず「あ、金持なんだ」と思うのが正解じゃろうな。「金持でしかも成り金」というところな。地方で領地を持って、そこからのアガリを吸い取って十分金持にはなったけれども、結局はそこ止まりだった。都へ出て位が上がるという訳でもない、一国を代表する堂々たる領主というのともちょいと違う。地方に住んで隠然たる勢力を持つという感じな。現実に満足なんてことをしとったら誰も坊主になんかはならん。その年で出家しちまったんなら、きっとその年で「もう先が見えた」ということなんじゃろ。金は十分すぎるほどあるが、その十分すぎるだけの金に見合った〝地位〟がない。人間、脂《あぶら》ぎったオッサンになって年でも取りゃァ、地位だの名誉だの、あるいは教養だの人徳だのな、力だけではどうにもならんものがほしくなる。出家して「私は俗界とはもう縁を切りました、未練なんざありません」てことにすりゃァよ、一応〝人格者〟では通る。息子に社長を譲った中小企業のオッサンが突然、趣味と教養に走る、というようなもんじゃな。似たようなもんがカルチャー主婦じゃが、〝ナントカ入道〟というのは、それの大昔のオッサン版みたいなもんじゃろ。

そういう、今じゃ功なり名遂げて〝教養人〟の仲間入りをしちまってる叩き上げのオッサンに美人の娘がいた。親父が親父だから、娘の方もかなりの玉で、「あたし、ゴハンなんか嫌い」でスナック菓子の類ばっかりを食っておった。今じゃそんなくだらん娘でも、親の欲目は、〝当たり前《ノーマル》のお嬢様〟で、威張って公然と嫁に出すところじゃが、さすがに昔の男は一本芯《しん》が通っておって、「こんな異様な娘、嫁に行かすわきゃいかん！」と言いおった、と──そういう話じゃな。なにも、アブノ《アブノ》な娘は、お前さんらの時代になって初めて出て来るもんでもない。ヘンなやつは昔からおるし、そんな話もゴマンとある。昔も今もヘンなやつはゴマンとおって、人間というのは、そのヘンなやつの話が好きなんじゃ。

【第四十三段】

春の暮つかた、のどやかに艶《えん》なる空に、いやしからぬ家の奥深く木立もの古《ふ》りて庭に散りしをれたる花見過ぐしがたきをさし入りて見れば、南面《みなみおもて》の格子《かうし》みなおろしてさびしげなるに、東に向きて妻戸《つまど》のよきほどに開《あ》きたる。御簾《みす》の破《や》れより見れば、かたち清げなる男の年廿《はたち》ばかりにて、うちとけたれど心にくくのどやかなるさまして、机の上に文をくりひろげて見ゐたり。

いかなる人なりけん、たづね聞かまほし。

春も昏《く》れゆく頃、のどかになまめかしい空の下、いやしからぬ屋敷で奥も深い。木立は古びがついて、庭に散り落ちた花が見過ごしにくかったもんでちょっと入って見ると、正面南側の格子《こうし》は全部下してシーンとしているところに、東に向けて妻戸《つまど》がいい具合に開いている。御簾《みす》の破れから見ると、美しい顔立ちの男で、年は二十歳《はたち》ぐらいでな、気を抜いてはいるんだが、いい具合にリラックスした様子で、机の上に本を広げて見入っていた。

どういう人だったんだろう？

尋ねて訊きたいもんだがな……。

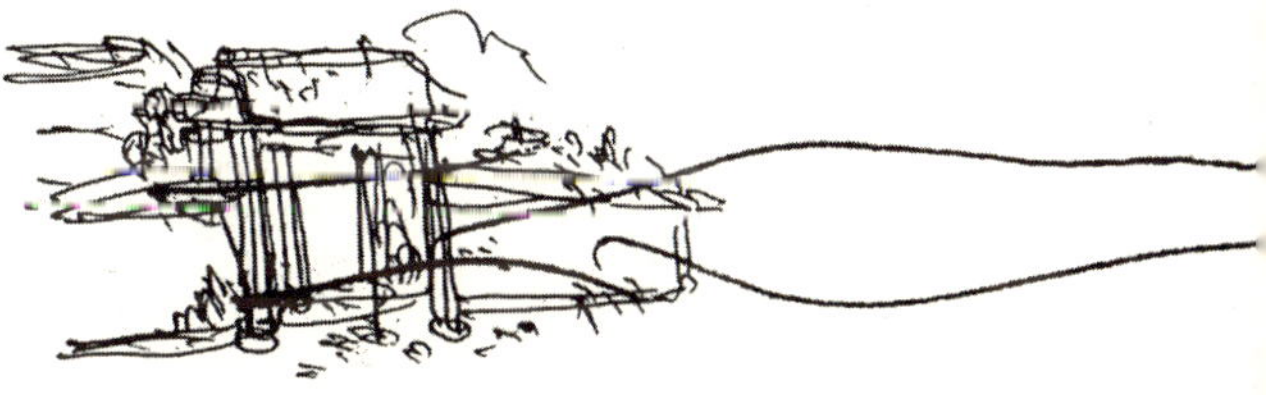

第四十三段の註

世間には〝ヘンな人間〟がおる。しかし、そのヘンな人間には、やはりみんななにがしかの理由というものもある。栗ばかり食っておったアブノな娘も、あんたらの時代の目で見りゃ、「思春期特有の抑圧現象で、家庭環境に問題があった」ということになるのかもしれん。世間にはヘンな人間も多いが、しかしまた、世間にはそのヘンな人間の話を聞いておもしろがる人間も多い。人間というものは、舞台に上がって役者になる側のやつと、それを見ている観客の側になるやつと、ひょっとしたら二種類があるのかもしらん。

誰が役者になると決まっておる訳でもない、役者は役者で定まりっ放しという訳でもない。人間、一生の間には、なんらかの形でスポットライトを浴びることもある。町を歩いておってテレビカメラをフイと向けられてな、意見を言わされることもある。いきなりなんか言えと言われても困るんで、うろたえたりなんぞもする。テレビを見ておる人間は、その人間のうろたえぶりをおもしろがって、そいつのどうでもいいような意見なんぞはロクに聞きもせん。いきなりテレビカメラを向けられてうろたえてしまった人間だとて、その前の日は、明日自分がそうなるのも知らずに、やはりテレビの中でうろたえておる〝名もない一般人〟の姿を見て笑っておったかもしれん。スポットライトが当たるということは、実はそんなことでもあるな。人間がヘンな人間の話をおもしろがるのは、おもしろがる方がまともだから、ということばかりではないな。自分の中にも、それと呼応する〝ヘンな部分〟があるから、それで「おもしろい……」と思ったりはするんじゃな。人間はみんな、内的必然性というようなもんを抱えて生きておる、というようなもんじゃろう。

さて、春も終わりに近い頃じゃった。〝晩春〟ということを〝春の暮つかた〟とも言うのじゃな。優雅な言い方なんじゃから覚えておくように。

春が昏《く》れて行くような、晩春のある昼下りとでも思ってもらおうか。ワシは、別になんの用事もなくブラブラと歩いておった。空にまだなまめかしい桜の色香がほんのりと漂っておるような、そんなのどかな一日じゃったが、それ相当の立派なお屋敷でな、かなり由緒のありそうな家だった。門が開いておって、奥も深く見えて、そこにある木立もかなり時代がかって古びていた。大きな桜の木があってな、庭に一面花びらが散っている。なまめかしい花の粧《よそお》いと、古びた屋敷のコントラストというものが、なんとも見事だったもんで、ワシはついつられて、その門内にフッと足を踏み入れてしまった。なんの用事もない、貧乏ったらしい恰好をした坊主が、平気で見ず知らずの人様の屋敷の中へ入って行ってしまう。「ヘンなやつだ」と思うかもしらんが、それを「ヘン」という時代ならば、ちゃんと屋敷の戸締まりぐらいはしておくわ。平気で人が家の中に入りこんでしまうような、風雅な時代ではあったのよ。

中に入ると庭があって、建物がある。貴族の屋敷というものは、みんな南側に庭があって、そちらの方に建物は向いておる。昼中に門は開きっ放しじゃが、しかしそのくせ、建物の戸は全部閉まっておる。〝格子《こうし》〟というのは、ワシらの時代のブラインドじゃわな。細い角材をタテヨコの格子に組んで、その裏に板が打ちつけてある。それを昼は上げて光を入れるんじゃが、それが下りているところを見ると人がいないのかもしらん。格子を下ろせば、昼でも家の中は真っ暗になるからな。シーンとして寂しい気がするところに、ワシの入って行った方に向かって〝妻戸《つまど》〟という、両開きのドアが開いておった。ドアが開いて、その中に簾《すだれ》が下りていてな、その簾が具合よく、破けていた。〝具合よく〟というのは、もちろんワシにとって具合がよくということじゃが、そこに一人の若い男がいた。古い豪壮な屋敷で、昔はかなりのものじゃったろうと思うところに、今はあまり人気《ひとけ》がない。かといって手入れが疎《おろそ》かになって蓬生《よもぎう》の草ボーボーという訳でもないが、しかし、中の簾なんぞは破れておる。貴人というものはメッタに人前に姿をさらさんものだから、いつでも簾は吊り下げておくのじゃが、それが破れたままで、その向こうにいる貴公子の姿が見えた。思わずボーッとなるようないい男が、しどけないような姿勢で本を読んでおったが、それが妙に品があって惚れ惚れとするようじゃったから、「一体この人はどういう人なんだろう」と、このワシはぼんやりと見ておった、という訳なんじゃな。

こう書いて来て、どうじゃ？　あんたは、ワシの書いたこの貴公子に興味を持つか？　それとも、平気で他人の家に入ってて、若いハンサムの様子をボーッと眺めて「名前を知りたい……」と思っている、ソーテン坊主のこのワシのヘンテコリンさに興味を持つか？　答は決まっとろうな。あんたらの考えるのは、「一体この坊主はなに考えてんだ？」じゃ。

家宅侵入のこのワシは、男に興味があったのか？　しかも、若くて美男のプリンスに、ということになると、勿論あった。普通の男に対する人間的興味と、美男の貴族に対する興味は、ワシの中ではおのずと別じゃな。「一体どういう〝趣味〟なんだ？」と言われりゃ、これは〝趣味〟の問題ではないわな。〝生き方の問題〟じゃわな。

お前さんが町を歩いとって、ただのオッサンに目が行くか？　行かんじゃろ。「関係ねェ」としか思わんだろ。もしもお前が若くて、人生なんぞというもんに悩んでおってよ、そのお前の目の前を、お前よりは少し年上の、かなりカッコいいというような男が通ったとするわな。そうしたらお前は、思わず「あ、カッコいい……」なんぞと思って振り返ってしまうじゃろうが。そりゃなぜかといったら、その人間がお前の〝未来〟というものをちょこっとばかり暗示しておるからじゃな。示唆《しさ》するというかな。

お前は、自分の未来というものが分からない。未来の自分がどういうものなのか、具体的なイメージが分からないからぼんやりとしている。あるいはまた、未来というものを考えてみると、どうにもロクでもないものしかイメージ出来ない。だから「あーあ……」と思う。そこの目の前に、フッと通りかかるんだな。ただのカッコつけただけの男だったら「なーんれ、妙に惹《ひ》きつけられて、なぜだか知らん、妙に惹きつけられて、目が自然にその後を追っていく。そりゃなぜかといったら、「そうか、ああいう男のあり方っていうのもあるのか、自分はそんなことを考えたこともなかったから分かんなかったが、世の中にはそういう男もいるんだな、なんか、すごくカッコいいな……」と思っておるからじゃな。そう思って、「そうか、自分の未来ももうちょっと考えてみる余地ってあるんだな」と、そう思うんじゃ。そういうもんなんだが、お前さんが人を見るといったら、スケベな興味で女ばかりを追っかけるものだから、フッと視線が男に吸い寄せられてしまうと、「ドキッ……、俺ってオカマかな……」なんてことを思ってしまう。だから、まともな男、まともな自分の未来というものが目に入らんのだな。

ワシは、結局のところ坊主になってしまったが、そもそもは京の都の下っ端貴族だ。自分の未来をあれこれ考える多感な青年だった。多感だったからこそ「こんな現実嘘っぱちだ!」で坊主になってしまったが、多感であるがゆえに「ああもありたい、こうもありたい」と思っとったんじゃ。「こういう男《ひと》だったらどうだろう? 自分があんな男みたいだったらカッコいいな……、でも、俺の給料であんなこと出来ないよな、出世する見込みだって別にないしな」と、そう思ったあげくが「こんなところにいたら〝自分〟がなくなっちゃう」と思って世を捨てた。世を捨てたらなんにもなくなっちまうと思うのは凡人のアサハカさでな、ワシは、自分を生かす為に、自分を生かさないような世の中を全部捨てたんだ。世を捨てれば

〝自分〟が残る。簡単な引き算じゃわな。

　ワシは、自分が自分らしく生きる為に坊主であることを選んだのであって、別に坊主が好きだという訳でもない。立派な自分ではありたいが、別に立派な坊主になりたいとも思ってはおらん。卜部《うらべ》兼好《かねよし》が兼好《けんこう》法師《ほうし》になって、こいつがかなりにヘンテコリンな坊主だというんなら、この坊主は、俗世の男であることを捨てた後でも、カッコいい男になりたいと思っていた坊主だからだ。なまじっかの男であることを捨てて、地位も名誉も関係ないところで、自分という

まっとうな男の生き方を通したかった。ワシはそういう人間なんだから、目がカッコいい男の方に飛んで行くのは当たり前じゃ。別に美男でもなんでもない、ただの当たり前の人間を見る時は、「ああ、人間色々、そういうこともあるわいな」じゃがよ、カッコいい男となったら目の色が変わる。「あれこそが理想だ」とな。美しい花は美しく、品のある木は品がある。人間じゃとて同じことよ。美に憧れる坊主が、美しい人の生き方に憧れるのは、当然のことじゃわ。「ああ、そういう生き方ってあったんだな、俺もそうなりたかったな、俺もそうなりたいな」という情熱もある。しょうがない。「ああ、いいなァ……、名前が知りたいなァ……」と思うのは、その為じゃ。

　古びた豪壮な屋敷で人気もない。しかしそのわりに〝すさんだ〟という気もしない。そこに美しい貴公子がいてな、簾の向こうで、しどけない恰好をして本を読んでおる。強い日差しはさけて、扉だけをわずかに開けてな。その扉の向こうにある簾が破けているのは家が傾いたせいかもしれん。しかし、それを直すぐらいの金なら都合はつくのかもしれん。きわどいところじゃが、ともかく、古い屋敷の中には、光を求めて簾を引きちぎったような、美し

い若者がいた――というように、ワシの目には見えたんじゃ。
　古い屋敷はうっとうしいさ。色々の習慣があって、空気もよどんでおる。世の中というものもそういうところで、人間というものはそういう中で生きておる。それに押しつぶされて、同じようによどんじまった人間もいれば、中にはそういうものをはね返して、パッと燦《きら》めくような美しい男もいる。そういう美しい人間は、なぜか平気でおだやかにしておるが、しかしよく見ると、その人間の周りにはどこか乱暴なところがある。乱暴で調和を乱しかねないようなものをそのまんまにして、それさえも「いいなァ……」と思えるカッコよさに変えてしまう。古い立派な屋敷におとなしく住んでいる貴公子ならば、簾を完全に下ろして姿も見せんさ。その簾が破れて、それを恥ずかしがるのなら、その簾のズーッと奥に引っ込んどいて、姿も見せんようにするさ。それを、グイッとそのまんまにして、しどけない恰好で本を読んでいたんだ。あんたらの言葉で言えば〝ハンサム・パンク〟というようなとこじゃろうが、ワシは、その古い屋敷のプリンスが、やっぱりワシとおんなじように、「ああ、自由がほしいなァ」と思っているんだと、そう思えたんじゃ。そう思って、「この人は一体なにを考えているんだろうか？　こういう人は、どんなことを考えているんだろうか？　一休この人は、なんという名前のどんな人なんだろうか」と、どことも知れず、たまたま迷いこんだ春の日の昼下がりの庭で思っておったということじゃ。人はみな、おのれに見合ったことを知りたいし、探しとったりはするもんなんじゃよ。迷い歩くとは、そのようなことなんじゃ。

【第四十五段】

公世《きんよ》の二位《にゐ》のせうとに良覚僧正《りやうがくそうじやう》と聞えしは、極めて腹あしき人なりけり。坊《ばう》の傍《かたはら》に大きなる榎《え》の木のありければ、人「榎木僧正《えのきのそうじやう》」とぞ言ひける。「この名しかるべからず」とて、かの木を切られにけり。その根のありければ、「きりくひの僧正」と言ひけり。いよいよ腹立ちてきりくひを掘り捨てたりければ、その跡大きなる堀にてありければ、「堀池僧正《ほりけのそうじやう》」とぞ言ひける。

公世《きんよ》の二位《にい》の兄様で良覚《りょうがく》僧正と言われたのは、いたって怒りっぽい人だったわな。坊のそばに大きな榎《え》の木があったからな、人は「榎の木の僧正」とよ、言ってたわ。「そんな名前気に入らねェ」っつよ、その木を切られちまったんだと。それでも根っこが残ったからよ、「切り株の僧正」と言ったんだと。ますます腹を立てて、切り株を掘って捨てたからな、その跡が大きな穴のまんまだったもんで、「水たまりの僧正」となア、言われたんだと。

第四十五段の註

怒りっぽいというか、威張ってるお人じゃな。**〝公世《きんよ》の二位《にい》〟**というのは、摂政関白の家筋である九条《くじょう》家の人間でな、藤原公世《ふじわらのきんよ》という人のことじゃ。九条家の人間だから位も高くて、正《しょう》一位という、人間としては例外的に高い位の次に来る〝二位〟という朝廷の身分を授けられておった。**良覚僧正**というのは、この兄様じゃわな。身分の高い九条家のお人じゃからよ、僧侶としての身分も高くて〝大僧正〟という位置にある――。

　まァ、昔っからエライ貴族の息子が坊主になるというのはザラにあったが、しかし、やんごとない身分の人間だから出来もよくて、従って無常感などという高級な思想を感じて、

自分から進んで出家したという風に考えるのは――まァ、中にはそういう人間もおったじゃろうが――間違いじゃわな。

金持には金持の悩みっつうのもあってよ、生活にゆとりのある貴族が子供をバンバン作ってよ、作ったはいいが、今度は、そんな息子どもにみーんななにがしかの保証をしてやれなんだら、親としての体面にもかかわるわな。いくら親が金持でも、子供の数だけ財産を分けとったら、あっという間に財産は目減りしてなくなっちまう。まァ、ウバ捨て山と言ったらゴヘイがあろうが、多すぎた子供の一人や二人は坊主にしちまえば楽勝だという、そういう理由で坊主にはなるんじゃ。小さい内から寺に預けて、一人前になったら坊主にするつもりで見習いの稚児《ちご》をしとる。エエシのボンボンだからエエカッコもしとるという、それが後にお稚児さんのメンズ・ノンノになる訳じゃがよ、エエシのボンは、寺に入っても上等の坊主の地位が約束されとる。気がついたら寺にいる訳じゃから、いくらでも疑問を感じずに坊主をやっとられるだろうな――ちゅうところは、初めっから「受験！　受験！」でやって来た偏差値優等生の素直さとおんなじじゃわな。良覚僧正というのは、比叡山の大僧正じゃが、そういうお人じゃなかったかと、ワシは思うな。

坊主であることにはなーんの疑いも持っとらんから、平気でエライ坊様をやってはいられるが、しかしよくよく見ると、人間的にはちょいと問題も多いという、そこら辺までも偏差値優等生のその後と同じじゃ。

自分の部屋――つまりそこを〝坊《ぼう》〟と呼んで、そこの主じゃから〝坊主〟という言葉も生まれるんじゃが――その前に榎の木が生えとる。坊

主の住む坊の前に榎が生えとるんじゃから、それで親しみをもって〝榎の木の僧正〟と呼んでもよかろうと、普通の人間なら思うところなんじゃが、このお人はそれがいやなんじゃな。自分はもっと立派なもんだとでも思いたいんじゃろうな。だもんだから、「そんな木なんかなくしちまえば大丈夫だろ」ってんで、榎の木を切らせちまう。自分は十分に現実にマッチして現実的だと思っとる、優等生の発想じゃわな。そんなことをやり始めれば、周りは「あれ、そんなつまんないこと問題にすんの？　あの人ってそういう人だったの？」と思う。そこから改めて余計なおちょくりが生まれるようなもんじゃよ。

木を切っても切り株が残る。だから「切り株の僧正」じゃ。それを掘って捨てれば穴が残る。穴が残って水がたまれば、「水たまりの僧正」じゃ。当人が意地になっとるのがよう分かるから、周りだっても、その意地に油をそそぐようなことをするわな。「水たまりの僧正が気に入らねェ」で、それを埋め立てさせたら、今度は「ゴミ捨て場の僧正」だの「埋め立ての僧正」だの、言われることは間違いなしだわな。ジタバタしても人間は人間、ジタバタすれば、所詮人間はますますそんな人間にしかならんという、そんな話じゃわな。

【第四十六段】

柳原《やなぎはら》の辺に強盗法印《がうだうのほふいん》と号《がう》する僧ありけり。たびたび強盗にあひたるゆゑに、この名をつけにけるとぞ。

＊＊＊

柳原《やなぎはら》の辺りに「強盗法印《ほういん》」で呼ばれとる坊主がおったと。何度も強盗にあったもんだから、こういう名にしちまったんだと。

第四十六段の註

柳原というのは、京にあったな。そこに、自分でもそう言い、人にもそう呼ばれている**強盗法印**というのがおった。〝**法印**《ほういん》〟というのは、坊主の位でな、坊主の中では一番エライ。この〝法印〟の位にある人間のつけるポストが〝僧正〟というようなもんでな、坊主のえらさでいえば〝強盗法印〟も〝水たまりの僧正〟もおんなじだわ。一方は自分の呼び名をいやがり、一方はそういやがりもしなかったという、その違いだけじゃな。

いやがらねエのはいいがよォ、しかし、自分がなんだってそうも強盗に襲われなきゃいけねエのかってなァ、そういうことも少しは考えてみろっつうんだなァ。坊主はみんなヘンかもしらんが、実際まったくヘンな坊主だ。

【第四十八段】

光親卿《みつちかのきやう》、院の最勝講奉行《さいしようかうぶぎやう》してさぶらひけるを、御前《ごぜん》へ召されて供御《ぐご》を出だされて食はせられけり。さて食ひちらしたる衝重《ついがさね》を御簾《みす》の中《うち》へさし入れて、罷《まか》り出でにけり。女房、「あなきたな」「誰にとれとてか」など申し合はれければ、「有職《いうそく》のふるまひ、やんごとなき事なり」とかへすがへす感ぜさせ給ひけるとぞ。

＊＊＊

光親卿《みつちか》、院の最勝講《さいしようこう》の担当でござったが、御前へ召されて供御《くご》を出されてお食べになったわ。それで、食い散らかした衝重《ついがさね》を御簾《みす》の中にさし入れて退出してしまったわな。女房は「あッ、きッたなーい!」「誰に片づけろっていうのォ!」なんぞと言い合ってたからな、「有職《ゆうそく》のふるまい、立派なもんだ」と、かえすがえす御感心遊ばされたんだとよ。

第四十八段の註

こいつはちょいと分かりにくいことかもしらんな。

藤原光親《ふじわらのみつちか》というお公家さんが後鳥羽院《ごとばいん》の御代《みよ》に、国家の安全を祈る〝金光明《こんこうみょう》　最勝《さいしょう》　王経《おうきょう》〟というややこしい名前の経典を読む仏事の責任者だったことがあった。**最勝講**《さいしょうこう》というのはその行事の名前じゃが、それの担当で院の御所に参上している時に、院の御前に呼ばれたんじゃな。御簾《みす》の向こうからな、〝**衝重**《ついがさね》〟という一人用の食膳が出された。「これを食べろ、ごちそうしてやるから」ということじゃな。〝**供御**《ぐご》〟または〝供御《くご》〟というのは、帝《みかど》や上皇《じょうこう》の召し上がるお食事のことで、これを下されるのはとんでもなく名誉なことであった。名誉なことであると

いうのは、同時にそれを受ける側にもしかるべき作法がある、ということじゃがな。その作法とはなにかといったら、光親卿のなさったように〝食い散らかす〟ことなんじゃな。あっちを一口、こっちを一口と、ちょこっとずつ箸をつけて食べ残す。きれいに全部食べるなんてことをしてはならない。

なぜかというに、そんな上等の食事をする貴族が食い物に飢えているなぞということはありえないというのがまずある。「私は飽食しとります」というのを、まず上つ方なら示す。そして、その食い残しは下っ端の方にお下がりとして渡される。中国の皇帝の食事というのも似たようなもんで、やたら皿数多く出されたものの大部分は食べ残しで、側近の宦官《かんがん》の食い物になったというな。清少納言の『枕草子』にも、〝取《と》り喰《ば》み〟という、食い残しの残飯処理係の話は出て来るな（第百三十五段）。朝廷の行事で、係のお歴々に食事が出されると、そのテーブルについた面々はテキトーに食い散らして、さっさと席を立つ。そうすると、そのお余りをもらう下の身分の人間がどどっと争って取り合うという――こういうことが朝廷の儀式として、衆人環視の中で公然と行われた。後鳥羽院というのは、そういう古式に通じておられた方じゃからの、光親卿のなさり方を見て、「さすがァ、教養あるゥ！」とおほめになったという訳じゃな。〝有職《ゆうそく》〟というのは、古来のマナーに通じておるということっちゃ。それを、訳も分からん女どもはＯＬノリで「キッタナーイ、サイテェ」とやらかした――という訳じゃ。〝本式〟だってよ、お前、色々あるってことよ。

【第五十二段】

仁和寺《にんなじ》にある法師、年よるまで石清水《いはしみづ》を拝まざりければ心うく覚えて、ある時思ひ立ちてただひとり徒歩《かち》よりまうでけり。極楽寺・高良《かうら》などを拝みて、かばかりと心得てかへりにけり。さて、かたへの人にあひて、「年ごろ思ひつることはたし侍りぬ。聞きしにも過ぎて尊くこそおはしけれ。そも、参りたる人ごとに山へ登りしは、何事かありけん。ゆかしかりしかど、神へ参るこそ本意《ほい》なれと思ひて、山までは見ず」とぞ言ひける。

すこしの事にも先達《せんだち》はあらまほしきことなり。

仁和寺《にんなじ》でな、ある坊主が年取るまで岩清水《いわしみず》を拝まなかったからよ、心残りを感じて、ある時に思い立って、一人で歩いて参詣《さんけい》したんだと。極楽寺・高良《こうら》なんぞを拝んで、こればっかしと納得して帰っちまったんだと。そうしといて、そばの人間に向かって、「長年思っとったことを果たしましたわ。聞きしにもまして、尊くこそおわしましたわなァ――それにしても、参拝に来とった人間がみんな山へ登ってったのには、なんかあったんでしょうか？　気にはなったんですが、神へ参るっちゅうのが目的なんだと思って山までは見なくって」とさ、言ったんだとよ。

　ちょっとの事にも先達《せんだつ》はあらまほしきってことだわな。

第五十二段の註

仁和寺というのは古い寺よな。平安の初めに光孝《こうこう》天皇が勅願《ちょくがん》を掲げられて、そのお子様に当たられる宇多《うだ》天皇が完成なさった。この寺の出来た年が、当時の年号で仁和《にんわ》四年じゃったから、その年号をとって仁和《にんわ》寺といったのが訛《なま》って仁和《にんな》寺になった。とんでもなく由緒の正しい寺じゃぞ。今この仁和寺のあるところを〝右京区御《お》室大内《むろおおうち》〟というがな、とんでもない地名じゃわな。

〝大内《おおうち》〟というのは知っとるか？　これは帝がお住まい遊ばす皇居のことじゃわな。皇居のことを別名〝大内山《おおうちやま》〟ともいうが、仁和寺の山号《さんごう》——比叡山延暦寺とか金龍山浅草寺とか、寺の名前には山の名前が山号としてついとるがの、仁和寺の場合、これがなんと〝大内山〟という。帝や親王・内親王といった高貴な方がご出家なさっておいでになる寺のことを門跡《もんぜき》寺院というのじゃがな、仁和寺はその門跡寺院の中でも一番位の高い寺じゃわな。

寺で坊主のいるところを〝僧坊《そうぼう》〟——略して〝坊〟というわな。坊の主《あるじ》であるような僧侶のことを坊主と言うのがいつの間にか僧侶一般の呼び名になってしまったことは前に言うたかな？　ついでに言うと、ワシらの時代は坊主のことを〝法師《ほうし》〟と呼ぶのが一般的じゃった。ワシの名も兼好〝法師〟じゃろう？　ミホトケの教えである〝仏法《ぶっぽう》〟を民衆に広める〝師〟

となるような存在じゃからな、これを法師と呼んだんじゃ。アダやオロソカに思ったらあかんよ。ワシかてこうしてミホトケの教えを広めとるんやからな——お前さんらのような荒夷《あらえびす》の子孫にまでな。

ま、それはよいが、普通の法師が寺で住む所を〝坊〟とは呼ぶが、これが門跡となるような高貴なお方のお住まい遊ばす所となると、〝坊〟とはいわん。これは部屋に敬語をくっつけて〝御室《おむろ》〟と呼ぶ。仁和寺のある場所を今でも〝御室〟と呼んどるのは、この仁和寺に〝御室〟があったからじゃな。仁和寺を完成なされた宇多天皇は、時の左大臣藤原時平《ときひら》公と仲が悪くてな、それでご出家なされて仁和寺へ入った。今じゃ、そこらのガキが「学校行くのやだ！」なんつうのを登校拒否というがな、昔の大人だとてさして変わらん——「ああッ、やだッ！」で喧嘩されて寺に入っちまった。帝が直々にお入りになるってんで、寺の方じゃ帝がお住まい遊ばす為のお部屋を新設しなけりゃならなくなった。これが〝御室〟の由来じゃな。

仁和寺は〝御室御所《おむろごしょ》〟なんぞという呼ばれ方をして、大変なもんじゃったが、しかし時が移り、京の都が鎌倉の勢いに押されるようになると、だんだんにな——まァ、バカな坊主も出るようになったと、そういう訳じゃろう。なにしろバックが京の朝廷であるような寺じゃもの、朝廷がパッとせんようになりゃ、寺の方だって同じような運命をたどるわな。ワシのように、どこの寺にも属さない、言ってみりゃ〝フリーの坊主〟に笑われるようなことにもなるんじゃな。

仁和寺というのは、京都の西北じゃわな。もう少し行けば嵯峨野の方になる。西北のはずれで、昔はさびれとったから空地も多くて、映画の撮影所なんぞもあったわな。仁和寺の辺は、日本のチャンバラ映画発祥の地でもあるんじゃが、まァ、別にチャンバラ映画が仁和寺をどうこうした訳でもなかろう。この〝都の西北〟のはずれの仁和寺の法師が、**石清水**《いわしみず》に行ったと。石清水八幡、別名男山《おとこやま》八幡ともいうが、これは京の都の南西の先にある。京の都を挟んで、仁和寺とは正反対のところにあるんじゃな。

石清水八幡がなんで有名かというと、これは平将門の乱の時に、時の帝が「無事に平定されますように」という願をこの社にかけられてな、それが無事かなえられたもんで、その後は大層大切にされてな、四月の賀茂神社の祭と並んで、八月の石清水八幡の祭は、京の都の二大祭になったという、そういうもんなのじゃ。

またな、この石清水八幡というのは、源氏が自分達の氏神じゃと考えてな、「南無《なむ》八幡大《はちまんだい》菩薩《ぼさつ》」ったら、侍が合戦に出る時の祈りの決まり文句みたいになった。源頼朝もこれを崇めてな、別に御室や大内の仁和寺と比較する訳でもないが、朝廷の傾いて行く鎌倉時代になっても、こちらはイヤサカに栄えとったのじゃ。

そういうところに仁和寺の坊主が行く訳だわな。七百年前の昔だぞ。京の都を突っ切って、一人でトボトボ歩いて行くんだわ——っつうのは当たり前でよ、その昔にはお前、「京の都ガイドブック」なんぞというもんはないんだぞ。たかが都を突っ切っただけで、なんにも分かんねェやつにはなんにも分かんねェという、そういう世界だわな。

石清水八幡というのは、別名男山八幡というんでも分かるように、これは、男山という山のテッペンに建っとる。そして、そのふもとに極楽寺、高良明《こうら》神という、寺と神社が別に建っておる。まァ言ってみれば、雛の節句の雛段のテッペンにはお内裏様が坐っとって、その下の方に左大臣、右大臣が飾ってあるようなもんじゃな。お内裏様が石清水、左大臣・右大臣が極楽寺・高良明神というところじゃろうか。誰もお前、左大臣・右大臣の人形見てよ、「ああ、お内裏様のお雛様だ」と思うバカもいめェがよ、仁和寺の坊主のやったことは、それだわな。

昭和が終わって昭和天皇のご大喪があった時に、「政治と宗教の分離」なんてことを言われたわな。

政治の方はワシャ知らんが、この〝宗教〟っつうのは神道だわな。皇室の宗教は神道だっつうて、まるで仏教は異教徒のように言われとったが、聖徳太子の昔に伝来した仏教を蘇我《そが》と物部《もののべ》が争ってる時代でもあるまいしなァ。なにしろ、宇多天皇は仁和寺の御門跡でもあられたし、仁和寺の坊主は石清水の〝神〟に参りに行くんじゃものなァ。

ワシの言うことが分からんか？　石清水八幡の〝八幡神〟というのは、これは神道の神じゃ。だから石清水八幡は、勿論神社なのじゃ。その神社の麓に、なんで極楽・高良と、寺と神社が左大臣・右大臣のように並んで建っとるのかということじゃよな。

別に神道ばかりが〝宗教〟ではないわな。

日本には**本地垂迹**《ほんちすいじやく》という考え方があってな、これは「日本の神道の神さんの中には、仏が姿を変えて現れたものもある」という、そういう考え方なのじゃな。仏教と神道とが対立しとるというのなら、こんな考え方も生まれて来まいよな。神道と仏教が仲ようしとれば、仁和寺の坊主も石清水に参らぬのを**心残り**に思うわな。石清水八幡は宇佐の八幡宮をこちらにお呼びして祀《まつ》った神社なんじゃが、実はそうやって神社が出来上がる前に、ここには寺があった。〝石清水寺〟と言ったんじゃがな、そこに宇佐から八幡神をお呼びしたんじゃから、元々仏教と神道がまざり合っとるようなところもあったんじゃ。そこの麓に寺が建っとっても、一向に不思議はない。仁和寺の坊主もそう心得とったんじゃな。

男山の麓に来たら、寺があって神社もある。「あー、これこそ石清水の八幡だな」と思って、カンジンの石清水八幡を拝まんで帰って来ちまった。アホな坊主だ、**「山までは見なくって」**もねェもんだと思うわな。お前さんの時代ならばなんでもかんでもマニュアルのガイドブックがおありんさるから、まさか山の麓でUターンつうこともござんすまいがよ、昔はそんな便利なものはないから、こういうことになったんじゃ。

しかしなァ、お前さんらはガイドブックの類があるから、「ああ、石清水はこの上だな」で、さっさと上に登ってくだろうがよ、しかしそうなったら、この仁和寺の坊主のように、麓の寺や神社に参るってことはせんじゃろが、あン？ 「なんだこれ、関係ねェじゃん、行こうぜ行こうぜ」ってな。ガイドブックにゃ、本地垂迹もヘッタクレも書いてなかろうからよ、下手すりゃ、寺と神社の区別もつかないようになっちまうがな。

な？ ガイドブックのない時代っつうのはよ、こりゃもう、分からんことは人に教わるのよ。〝**先達**《せんだつ》〟つうのは、〝先輩〟だわな。先輩にして、先生でもあるような人だわな。ただ「先にいます」で先輩面するやつは、こんなもん先達でもなんでもないわな。そういう先達がいればこそ、分かることも分かるし、いなけりゃな、分かることも分からん上に、何を分かったらいいのかも分からんことになる。「一人前面してアホのまんま」ということにもなる訳じゃな。**「ちょっとの事にも先達はあらまほしきことだわな」**ちゅうことを教えるっつうのも、こりゃ先達のすることだわな。

お前さんには、いい先達の心当たりがおありかの？

【第五十三段】

これも仁和寺の法師。童《わらは》の法師にならんとする名残《なごり》とておのおの遊ぶ事ありけるに、酔《ゑ》ひて興《きよう》に入るあまり、傍《かたはら》なる足鼎《あしがなへ》をとりて頭《かしら》にかづきたれば、つまるやうにするを鼻をおしひらめて顔をさし入れて舞ひ出でたるに、満座興に入る事かぎりなし。

しばしかなでて後、抜かんとするにおほかた抜かれず。酒宴ことさめていかがはせんと惑ひけり。とかくすれば頸のまはり欠けて血垂り、ただ腫れに腫れみちて息もつまりければ、打ち割らんとすれどたやすく割れず、響きて堪へがたかりければ、かなはで、すべきやうなくて、三足《みつあし》なる角《つの》の上に帷子《かたびら》をうちかけて、手をひき杖をつかせて京なる医師《くすし》のがり率《ゐ》て行きける、道すがら人の怪しみ見る事かぎりなし。医師のもとにさし入りて向ひゐたりけんありさま、さこそ異様《ことやう》なりけめ。物を言ふもくぐもり声に響きて聞えず。「かかることは文に

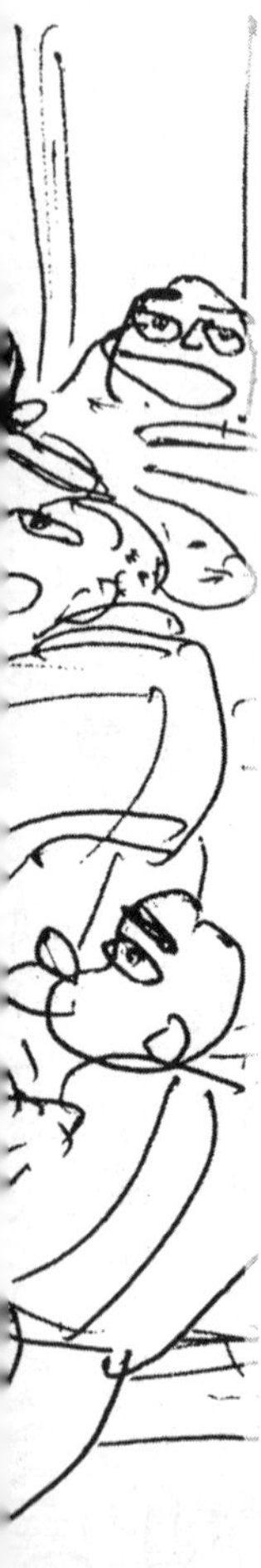

229　第五十三段　これも仁和寺の法師

も見えず、伝へたる教へもなし」と言へば、また仁和寺へ帰りて、親しき者、老いたる母など、枕上《まくらがみ》に寄りゐて泣き悲しめども、聞くらんとも覚えず。

かかるほどにある者の言ふやう、「たとひ耳鼻こそ切れ失《う》すとも、命ばかりはなどか生きざらん。ただ、力を立てて引き給へ」とて、藁《わら》のしべをまはりにさし入れて金《かね》を隔てて、頸《くび》もちぎるばかり引きたるに、耳鼻欠けうげながら抜けにけり。からき命まうけて久しく病みゐたりけり。

＊＊＊

これも仁和寺の坊主——。

童《ぼうや》が坊主になるっていうお別れだっちゅうんで、それぞれが芸をする事があったんだが、酔ってノッて来た結果だ、そばにある足鼎《あしがなえ》をとって頭にかぶったらば、ひっかかるような気がするのを、鼻を押しつぶして顔を突っ込んで踊って出てったもんだから、一同大盛り上がり大会の限りなしよ。

ちょっとやってみせた後に抜こうとするんだが、ちょっとのことじゃ抜けない。宴会はドッチラケで、「どうしよう」の大騒ぎよ。あれこれすれば、首の周りは破けて血が出て、もう腫《は》れて腫れて息も止まりそうだから、ブチ割ろうとするんだが、簡単には割れねェ——響いて我慢出来ないもんだから無理で、どうしようもねェから、三つ足になってる角の上に着物をひっかけて、手を引いて杖をつかせて、都にいる医者のところへ連れてってたんだが、その途中、人が怪しんで見ること限りなしよ。医者の家に入ってって向かいあったっちゅう時のありさまは、さぞかし異様だったろうよ。ものを言っても、曇り声が反響して聞こえねェ。「こんなことは本にも載ってない、伝来の教えにもない」って言うから、また仁和寺に帰って、親しいやつ、年取った母親なんぞが枕許《まくらもと》に寄り集まって泣いて悲しむけどもよ、聞こえる風にも見えねェやな。

そうやってる内にあるやつの言うことよ、「たとえ耳でも鼻でもちぎれてなくなったって、命がありゃァ生きて行けるさ、ただ力を入れて引っ張んなさいよ」ってな、ワラの芯を周りに突っ込んで金属を仕切って、首がちぎれるぐらいに引いたらな、耳や鼻がかけて穴にはなったが、抜けちまったてい。危うく一命をとりとめて、長い間病気してたとよ。

第五十三段の註

また仁和寺の坊主だが、別に仁和寺にバカな坊主ばっかりが揃ってた訳でもなかろうな。

ワシの生きてた時代っつうのは、**中世**だわな。中世っつうのは、洋の東西を問わずに、これは坊主とサムライの時代だわな。西洋じゃローマ法皇がやたらと「破門！　破門！」と言いくさってな、やがて宗教改革なんつうものも出て来るんじゃがな、日本の中世っつうのも、やっぱりこりゃまた〝宗教の時代〟じゃわな。ワシの生きとった時代っつうのが、鎌倉から南北朝の時代だがよ、鎌倉時代っつうのも、やたら坊主の出て来た時代だわな。親鸞上人の浄土真宗な、日蓮上人の日蓮宗な、一遍上人の時宗な。世に〝鎌倉仏教〟というがの、鎌倉時代の仏教と平安時代の仏教つうのは、やっぱり違うわな。

一口に言ってしまえば、平安時代の仏教は貴族のもん、鎌倉時代の仏教っつうのは民衆のもんちゅう、そういう違いよな。

平安の前の奈良時代の仏教っつうのは〝**鎮護**《ちんご》**国家**《こっか》**の仏教**〟といってな、これは国を守るもんだ。奈良時代というのは、中国を真似て日本という国が出来てホヤホヤというな、言ってみれば大昔の明治維新みたいなもんじゃからよ、これを守ってくれるもんが必要でな、仏教というもんはそういう性格を持っとった。奈良時代も終わりになって来て、最澄・空海の二人が中国に行って密教を持って来るとな、今度は国を支える為の鎮護国家の仏教が〝加持祈《かじき》禱《とう》の仏教〟に変わって来る。国の骨格が出来上がってな、その中で贅沢しとる貴族っちゅうやつがクローズアップされて来るから、仏教の方もそっちに合わせて来るんじゃやな。〝加持祈禱〟がなんじゃっつったら、これはもう医者じゃわな。誰かが病気して、なにを呼ぶかっつったら、あんたらの時代、まず医者じゃろ。坊主呼ぶとなったら怒られるわな。しかし昔は、人間どっかの具合が悪くなったら、これはもう〝もののけ〟のしわざという風に相場は決まっとったから、こういうものは坊主を呼んでお祈りして追っ払ってもらわにゃならんという、それが平安時代の仏教じゃった。鎌倉の侍ならともかく、平安の貴族に、「悪いものがやって来たら追っ払え！」なんぞという発想はないからよ、なんでもお祈りという、受身の発想になるんだわな。人間、「外に出る」っつう発想がないと内向的になる。内向的になるのは別に悪いことではないが、内向的になりっ放しになったらまた終わりということもあるわな。ウジウジしとるアホーもあれば、内向的になって〝己《おのれ》〟というものをまともに考えて思想の深みっつうところに行き着くやつもおる。そこんとこを分からんで、ただ「暗ーい……」ばかりですましとったらただのアッパラパーちゅうのんは、お前さんらのことだでよ。

なんにもしないで家ん中こもっててよ、病気になったら〝もののけ〟のしわざだという。なにかっちゅうたら坊主を呼んでお祈りをしてもらうという、平安貴族の受身の思想が内向してな、「自分の住んでる現世はこのまんまでいいけども、しかしこの先どうなんじゃろう？」という考えも出て来る。「死後の世界はある！」なんちゅうのは、お前さんらの時代のはやりじゃそうだが、そりゃ平安時代とおんなじだわな。そういうもんを浄土《じょうど》思想っつうんじゃがな。

現世で行いを正しくしとらんと、死んでも極楽浄土には行けんという。平安貴族は、現世で十分金持になっとるから、死後の安楽っちゅうんで、だいぶ坊主に金を積んで、寺をやたらに造ったりしたんだわな。「阿弥陀如来《あみだにょらい》のお導き」ってやつを待ってな。宇治の平等院という寺は、そういう「この世の極楽浄土を一つの寺の姿にしてみよう」という、そういう発想の寺じゃわな。ここまで来りゃァ鎌倉の仏教に後一歩というのはよ、「現世で行いを正しくしとらんと、死んで極楽浄土には行けん」という考えを引っくり返してみりゃァいいんじゃわな。

いくら金持っとっても、仏のみ教えを無にしたら、死んでも極楽には行けん。それならばじゃ、「この世で悲惨の極みの貧乏暮しをしとっても、仏の教えに従って行いを正しくしとったら、死んだ後には極楽浄土には行ける」となる。現実に不安を持った金持の思想がよ、初めっから現実に不安を持ちっ放しの貧乏人の間には、かえってすんなりと入って行くわな。鎮護国家の国の仏教が、加持祈禱の貴族の仏教になって、それが浄土信仰になって〝民衆の仏教〟っつうのになってくのは、そういうこっちゃわな。金持って寺建てて行い正しくしてな、しかしそれでも「本当に自分は極楽浄土に行けるんじゃろうか？」なんてことを考えるのが金持の不安というようなやつじゃがよ、そんな不安があればこそ〝平等院〟なんつう名前を寺につけるわな。「みんな平等に極楽に行けるんだから……」なんつう、貧乏人のしそうな発想を、金持が逆にするわな。〝極楽〟をタテにとったらみんな平等じゃという、鎌倉仏教の考えはこうやって生まれて来るわな。鎌倉仏教っつうのが民衆仏教っつうのは、「極楽に行けるのは金持だけじゃねェぞ、難しいだけが仏教じゃねェぞ、ワシらにだって分かるだぞ」っちゅうな、そういうもんに仏教がなったからじゃわな。「書を捨てて街に出よう」じゃねェがな、「寺を捨てて街に出よう」が、鎌倉仏教だったりもするんだわな。なにしろ〝遊行《ゆぎょう》上人〟つって、寺も持たずに、乞食坊主みたいになって、民衆に念仏を説いてはあっちこっちをゾロゾロ歩いとった坊様がたくさん出て来る時代なんじゃから。

ま、鎌倉仏教が仏教界のサブカルチャーというか大衆化というんならじゃ、昔ながらの奈良京都の仏教はその頃にどうなっておったのかというと、別に大して変わりはせんかった。

というのは、仏教というのは結局のところ、修行をして自分の悟りを開くもんだったりするもんじゃから、「人のことなんかどうでも

いい」という、そういう行き方だってあるからじゃわな。人のことなんかどうでもいい、他人のことをどうとかしたかったら、寺に入ってキチンと勉強して、他人のことをどうとか出来るような、立派な人間にならなきゃいかんという、そういう考え方だって立派にある。国の安泰を祈ったり貴族の医者やったりするのは、そもそも坊主の副業でしかない。「坊主の本業は自分の修行」というシビアなところが仏教にはちゃんとあるからよ、古くからの寺そのものはなんにも変わらんかったりもするわいな。ここら辺のことが分かりにくかったら、寺っつうもんと〝大学〟っつうもんを重ねてみりゃいいんじゃわな。大学の先生なんつうもんは昔ながらの講義なんかしててな、外の人間から見りゃ学校のセンセーなんつうもんは世間知らずの代表みたいなところもあるがよ、しかし、そんなもんはさておいて、大学教授ったら、やっぱりエライもんとは思うわな。大学っつうのは、勉強するとこだって思うわな。いかにバカでボンクラでナマケモノでどうしようもなくたって、大学生っつうのは、一応大学へ勉強しに行ってるもんだと思うわな。ワシらの時代の寺と、あんたらの時代の大学とは似たようなもんじゃわ。そう言や分かるじゃろうが。

この仁和寺でやっとる坊主のバカ騒ぎっつうのは、大学生の世に言うところの〝追いコン〟じゃわな。〝足鼎《あしがなえ》〟っつうのは、平たく言っちまえば、足のついたゴツイ鍋だわな。昔の中国では、これでスキヤキやらシャブシャブやらを作っとったのが、日本に入って来て飾りにもなったっつうようなもんよな。そういうもんが寺のどこぞに置いてあったのを坊主がかぶってよ、きつくて入らねェのを「イッキ！　イッキ！」なんぞと、きっと周りではやしたんじゃろうよ。頭を突っ込んでアホダラ踊りを踊っとったら抜けなくなっちまったんだわな。スプーンを両眼に当てて「シュワッチ！　ウルトラマン」なんぞという、つまらんコンパ芸をやっとる内に目ン玉くりぬいちまったというようなもんじゃろて。

この足鼎というやつには、足が三本生えとったんじゃな。だから、これを逆さにして頭からかぶったら頭に三本角が生えとるみたいになるわな。〝三つ足になってる角〟というのは、そういうことじゃわな。これがどうして「シュワッチ」のウルトラマンになるかというとじゃ、ワシらの時代には、有名な〝**三本角の生えた鬼**〟の歌があったからじゃ。『**梁塵秘抄**《りょうじんひしょう》』という、前にもこの本のことは言うたから、あんたらも覚えとるかもしらん〝今様《いまよう》〟の本にな、この歌が出て来るから、仁和寺の坊主はこれの真似をしたんじゃろ。

〝今様〟っつうのは、別の言い方をすれば郢曲《えいきょく》、英語に訳すと、ニューミュージックじゃな。後白河法皇が当時に流行ってた新しい歌を集めて本にしたんだから、ニューミュージックで今様なんじゃが、この中にこんな歌が出て来る──「我を頼めて来ぬ男、角三つ生《お》ひたる鬼になれ、さて人に疎《うと》まれよ、霜雪あられ降る水田《みずた》の鳥となれ、さて足つめたかれ、池の浮き草となりねかし、と揺りかう揺り揺られ歩け」

まァ、今じゃったら中森明菜か中島みゆきが歌いそうな歌じゃがな、「あたしのことを好きだって言っといて来ないあんたなんか、角が三本生えてる鬼になってみんなに嫌われな！

冷たい雪の降る田んぼの水鳥になれ！　そうしたら脚だって冷たいんだから！　池に浮いてる水草になっちまえ！　そうやって一生フラフラしてろ！」という、そういう歌じゃわな。仁和寺の坊主は、青銅《ブロンズ》だか真鍮《しんちゅう》だかで出来たゴッツイ足鼎をかぶってよ、「ワーレを頼めて来ぬ男ォのよいよいよい」てなことをやって踊っとったんだわな。

したら、それが抜けなくなっちまった。そんなもんかぶって抜けなくなったら困っちまうわな。割れやせんもの。叩きゃゴンゴン響くしよ。男ばっかのコンパでよ、女がいないからヤケになってアホなことをやらかして、どうにもならなくなっちまったみたいなもんじゃがよ、勿論、坊主のいる寺っつうのは、男ばっかの世界だからな、もてない男ばっかりの三流大学か、運動部のコンパみたいだった。

寺で坊主になる為の修行をしてた見習い少年が、ようやく一人前になる年で坊主になるという、そういうお別れコンパの追いコンじゃったんだわな――っつうと、「ハテ?」とか思いよるかいな? 「それじゃ追いコンじゃなくて、新入生歓迎コンパじゃねェか」ってな。まァ「そうではあるがさにあらず」というのがよ、ワシらの時代の寺じゃった。

寺の見習い少年というのは、坊主ではないわな。頭丸めて坊主になるっつうのは、この世とオサラバの証《あかし》じゃからよ、坊主になる前に見習いの修行をしているやつは、坊主じゃない。坊主じゃないからって、寺の見習いが質素なカッコをしとるかというたら、そういうこともないわいな。まだ坊主になる前の年頃っつうたら、十代の男の子じゃわな。これが女みたいに髪の毛伸ばしてな、キレーなカッコをしてな、それこそメンズ・ノンノをやっとる訳じゃな。

〝稚児《ちご》〟っつうのは知っとるわな。〝お稚児さん〟っつったら、昔はオカマの代名詞じゃったが、ここに出て来る〝童《ぼうや》〟はそれじゃわな。男が男になり切る前の一番美しい盛りを、きれいなカッコでいるんだわな。それが十七とか十九とか、もう喉仏も目立って髭も目立つようになると、頭丸めて坊主になる訳じゃな。稚児が坊主になるっちゅうたら、まァ〝新入部員歓迎コンパ〟じゃがよ、この稚児ったら、三流大学に珍しく付き合っててくれた唯一の女子大生みたいなもんよ。それが頭丸めて永遠にオサラバしちまうんじゃから、おさらばさらばの追いコンじゃわな。そういう可愛い坊やが「ウフフ……」とか座ってりゃよ、「ワーレを頼めて来ぬ男ォ……で、僕、鬼になっちゃいました。○○くん、今度一緒に花見に行って下さい、お願いします」なんてことになるんじゃわよ。そんなことされりゃ「ちょーっと待ったァ！」なんて言ってくる男もいようしな。昔っからアホな男のやることは決まっとんのよ。

中世っつうのは**坊主の時代**だからよ、従って**稚児の少年愛の時代**でもあるんだがよ、なんでそういうことになるのかっつうと、それは寺が豊かになったからだわな。豊かになって、目的っつうもんがなくなったから、勉強もせんと女の尻ばっかり追っかけ回しとるという、お前さんらの胸に手ェ当ててみりゃァ分かるようなことを、今から七百年も前にやっとったのよ。

ええか？　平安や奈良の仏教っつうのは、国や貴族とつながっとったわな。金持に大切にされとったようなもんじゃろ。金持の為に働けば、必ずそこに相応の見返りはあるわな。寺も建てて貰えるし、荘園なんぞという領地も手に入る。中世っつう時代はよ、そういうパトロン付きで大事にされてた寺が、「パトロンが没落しちゃったんだから自立しましょ」というて、それで威張っとった時代でもある。パトロンはあんまり頼りにならんから、自分達は自分達で独立採算制になってな、こういうものがゴーツクバリの領主みたいになって、やたら贅沢ばっかりしたがるような時代が中世じゃ。亭主が定年で、退職金と年金で当分食うには困らない。しかし亭主の方は仕事なくしてボーッとなっとる。そうなって来ると女房の天下という。「あたしがいなきゃダメなのねッ！」と威張り散らしとる古女房と、この時代の坊主というのは似たようなもんじゃな。色気はないが、その気は十分にあるというな——ま、若いやつらには分からんかもしらんがよ。

自分は経済的に自立しとると思ってりゃ、自分で自由に小金も使うわ。人の寄付で食ってる時は、おんなじ金持でもおとなしくはしとるが、それが自分で稼げる、稼いどると思った途端、慎みというものが一挙になくなる。その昔はお前、身の回りの世話をする稚児なんつうものは、よっぽどエライ坊主でもなきゃおいとけんかったわな。とてもとても、「〇〇くーん、きみィ、坊主になっちゃうのかァ、僕は寂しいよォ」なんつう、恋愛の大衆化現象なんぞは生まれなかったんじゃがなァ。寺の坊主が目的をなくすという点でみりゃァ、すべての大学が三流大学化してくっちゅうことでもあるが、しかしそういう寺の坊主どもがますますデカイ面をして行くことにもなると、これはまァ、お前さんの時代に於ける〝元気なだけの女子大生〟——しかもシチメンドクサイ理屈つき、というようなもんかもしれんな。女子大生の美少年志向なんつうのも、そんなもんかもしれんわな。

これで、昔っつう時代は存外人間的だったというのもおかしなことで、いつの時代も、人間つうものはヘンテコリンで抜けておるのよ。あんまり、真面目な顔して昔の勉強ばっかりせん方がええぞよ。今っつう時代も存外、昔とおんなじで、ヘンな人間ばっかりやたらいるという、そんなもんなのが本当なんじゃからな。

【第五十四段】

御室《おむろ》にいみじき児《ちご》のありけるを、いかで誘ひ出だして遊ばんとたくむ法師どもありて、能あるあそび法師どもなどかたらひて、風流の破子《わりご》やうのものねんごろにいとなみ出でて箱風情《ふぜい》の物にしたため入れて、双《ならび》の岡の便《びん》よき所に埋《うづ》みおきて、紅葉《もみぢ》散らしかけなど思ひ寄らぬさまにして、御所へ参りて児をそそのかし出でにけり。

うれしと思ひてここかしこ遊びめぐりて、ありつる苔《こけ》のむしろに並《な》み居て、「いたうこそ困《こう》じにたれ。あはれ紅葉を焼《た》かん人もがな。験《げん》あらん僧たち、祈りこころみられよ」など言ひしろひて、埋みつる木のもとに向きて数珠《ずず》おしすり印《いん》ことことしく結び出でなどしていらなくふるまひて、木の葉をかきのけたれど、つやつや物も見えず。所の違《たが》ひたるにやとて掘らぬ所もなく山をあされども、なかりけり。埋みけるを人の見おきて、御所へ参りたる間《ま》に盗めるなりけり。法師ども言の葉なくて聞きにくいさかひ、腹立ちて帰りにけり。

あまりに興あらんとする事は必ずあいなきものなり。

御室《おむろ》にスゲェ稚児《ちご》がいたんだな。なんとか誘い出してデートしようとたくらんだ坊主達があって、腕のある芸能坊主達なんぞとしめしあわせて、しゃれた破子《わりご》みたいなものを丁寧に作り出して、箱らしきものにきちんと収めて、双ヶ岡《ならびがおか》のテキトーな所に埋めといて、紅葉を散らしかけるなんぞと気づかれないようにしてな、御所へ参って、稚児を口説いて出掛けたんだと。

嬉しくって、あっちこっち遊び回って、かねての苔《こけ》の絨毯《じゅうたん》に並んで座って、「とんでもなくなァ、くたびれちまったい。あーあ、紅葉を焚《た》くような人間でもおらんかなァ。腕のある諸君、祈ってみたまえよ」なんぞと言い合って、埋めておいた木の根元に向かって、数珠《じゅず》をおし揉み印を大袈裟《おおげさ》に結び出すなんぞをして、オーバーに動き回って木の葉をかきわけたけれども、一向に物が出ん。

「場所を間違えたか？」ってんで、掘り返さぬ場所もないぐらいに山の中をあさったんだが、なかったんだと。

埋めといたのを人が見といて、御所へ行っちまってた間に盗んだんだわな。坊主どもは口もきけなくなって、見苦しく争っては怒って帰っちまったんだと。

あまりにも凝《こ》ろうとするとな、必ずつまらんことになるのよ。

第五十四段の註

仁和寺が光孝《こうこう》天皇の勅願《ちょくがん》によって建てられた寺で、ここの主である住職には代々帝《みかど》のお子様がなられたという話は前にした。帝のお子様のことを、男は**親王**《しんのう》という。女は**内親王**《ないしんのう》じゃ。外国でいう王子様のことを日本じゃ親王という訳だが、これがご出家なされて僧籍《そうせき》に入られると**法親王**《ほうしんのう》という。仏教というのは、ワシらの時代には〝**仏法**〟というのが普通じゃったから、この〝法〟の一字をとって法親王じゃな。帝が御譲位なさると上皇になるが、これが仏門に入られると〝**法皇**《ほうおう》〟になるというのも、これと同じノリじゃな。

仁和寺というのは帝のお子様が主でいらっしゃる寺じゃからこれを〝門跡寺《もんぜきじ》院《いん》〟というが、

門跡寺院は法親王のお住まい遊ばすところでもあるから、当然〝御所〟というものがある。仁和寺のことを別名〝御室《おむろ》〟というのは、この法親王がお住まい遊ばす〝御所＝御室〟があるからじゃが、その仁和寺の御所＝御室に〝スゲェ稚児〟がいた。

〝スゲェ〟というのは、ワシらの時代の言葉で言えば〝いみじ〟というのじゃがよ。これは、英語でいえばエクストリーム、漢字を使えば〝極端〟というようなもんじゃ。なにかが極端だから、人はそれを「スゲエ」と思う——それがワシらの〝いみじ〟という言葉じゃな。勿論この〝極端なにか〟というものは、悪い意味ではない。いい意味のものが極端にあるということじゃな。今の、あんたらの時代で「スゲェ女！」ということになったら、こりゃもう「どうしようもねェ女」というような意味にはなるわな。「女にしとくよりか化け物にしといた方がいいんじゃねェの」っつうノリがな、あんたらの言うところの〝スゲェ女〟じゃわな。

しかしこんなもんが間違っとるというのは勿論のことでな、ワシらの考えでいったら、女というのは美女であって当たり前のようなもんじゃ。女のランクというものは、大体がとこ、女の生まれ育った身分によるものでな。上の身分の女は美人だし、下の身分の女は美人じゃないと、そのように人は判断するものであるという風に決まっとった。実際、身分の高い女が美人だったかどうかは分からんよ。しかしな、そんなことを他人に考えさせないくらい、身分の高い女＝美女という前提の上にのっかって女をやっとったんだからしょうがない。身分の高い女はみんな美人には見えるわな。常識のおかれ方が違う、というかな。そこら辺をウロチョロしとるような召使い女ではなく、ちゃんとした男の恋の対象になるような上の方の身分の女はみんな美人である、という前提がある。この前提の上に〝極端〟の〝いみじ〟がつく。こういう風にして〝スゲェ女〟というものが出来上がったとしたら、この〝スゲェ女〟とは勿論、〝スゲェいい女〟であり、〝スゲェ美人〟ということになる。なにをシチメンドクサイこと言っとるんだと思うかもしらんがよ、美人の（そしていいところの）女だけが〝女〟でよ、だからこそ女というものは美人であるのが当たり前という時代だってあった——ということじゃな。

そういう時代に、〝スゲェ女〟と言われたら、〝化け物にした方がいい女〟とか〝オバタリアン〟とかっていうようなもんでないことだけは確かだわな。あんたらの時代に〝スゲェ〟の極端がくっつくような女が、あんまりほめられるような女じゃないんだとしたら、女というもんの基本条件が変わっちまってるんだってことだな。女の基本条件が〝美人〟なら、〝スゲェ女〟は〝スゲェ美人〟。女の基本条件が——あまり大きな声では言えんがよ——〝がさつ〟とか〝ゲダモノじみてる〟ちゅうことになると、〝スゲェ女〟は、あんたらが言うような「スゲェ女！　やってらんねェよ」というようなもんになる、ということったわな。

しばしの沈黙じゃわな……。

さて、仁和寺の御所には〝スゲェ稚児〟がいた訳だがな、この〝スゲェ稚児〟というのは、

〝スゲェ大食いの稚児〟でもなけりゃ、〝スゲェでっかい稚児〟でもない。〝稚児《ちご》〟というのはそもそもが〝小さな子供〟じゃが、寺にいる稚児はそんなものではない。坊主になる前の年頃のやつは、みんな稚児、へたすりゃ十代一杯まで、男の子はみんな〝小《ち》さな子供《ご》〟じゃわな。前に、仁和寺の稚児が坊主になるんで、お名残惜しやの大宴会やって、バカな坊主が足鼎《あしがなえ》をかぶって抜けなくなっちまった話をしたが、稚児っつうもんは、そういうもんだわな。どういうもんかといったら、これは、〝女〟と同じものだな。そして、ワシらの時代に〝女〟であることの意味は〝美女〟であること以外にないのだからよ。稚児っつったら、〝女にもまがう美少年〟ってこったわな。

坊主ったってよ、若い坊主なんかはムンムンの男盛りだ。坊主ってェのが、女ッ気《り》断っておとなしくしてるもんだと思ったら大間違いで、「女っ気を断たなきゃいけねェ！」で、一生懸命、自分にプレッシャーをかけてるのが修行中の坊主だというだけじゃな。お前は、甲子園の高校野球に出て来る坊主頭を見て、欲望ゼロの清らかな天使じゃと思うか？　清らかにお上品な少年達じゃと思うか？　あのごっつい体見てよ？　坊主ったって色々だぞ。

甲子園球児が酒飲んで女ひっかけてなんてことがバレたら、不純異性交遊で出場停止だわな。ガールフレンドがいたっていいが、「ぼ、ぼくには、大切な試合があるから……」とか、ぎこちない手つきで手なんか触れちゃっただけで、顔なんかが真っ赤になっちゃうくらいが、〝望ましい甲子園球児〟の姿だわな。実際がどうかは知らんけれども——。

甲子園球児が女はらませて出場辞退っつうのと、若い坊主が女にフラフラッと来て戒律を破ってしまうというのは、ま、おんなじこっちゃ。それくらい坊主というものもな、男としての厄介《やっかい》な部分は持っておる。ことに、若い坊主なんかはな。

「僕達は、真面目に一生懸命修行しなくちゃいけないんだ！　オウッ!!」とかやっとる高校球児みたいな坊主のいる男臭さムンムンの〝部屋〟によ、「僕、ジャニーズ事務所からメンズ・ノンノ通ってやって来ました。なにかご用はありませんか？」なんていう、〝スゲェ男の子〟がいたらどうするよ？

アブネエだろ。

ストイックな男達と可憐な美女という構図は、ちょっと前まではあったたな。今は、ねェな。ウックツした男と美少年というのは、なんだか知

らねェが、あるんだな。ワシらの時代のようなもんだわな――というようなもんだわな。

　ワシらのいた〝中世〟というのは、実は**美少年の時代**でもあった。平安時代というのが女の時代――つまり〝身分の高い美女の時代〟であったのなら、それが源平の合戦から鎌倉時代になって、南北朝時代になって室町時代になって……と、時代はどんどん〝美少年の時代〟になって行く。ワシが死んだ後、室町時代になって、〝能《のう》〟というものが出来上がって行くが、これを完成したのは、世阿弥《ぜあみ》という天才少年――つまり美少年だわな。〝平安朝女流文学〟と言われたもんが、いつの間にか〝能〟という、〝美少年演劇〟に変わってしまうのが、日本という国の文化の流れじゃわな。おニャン子くらぶが光GENJIになるというな。

　それではなんで、女の時代が少年の時代に変

わったのか？　そりゃ簡単じゃ。女は家の中にじっとしてるだけで外を歩けねェもん。「家ン中で女と忍び会いしてるばっかりじゃつまんねェ、外に出て手ェつないでデートもしてェよな」と男が思っても、ワシらの時代、〝女〟の代名詞であるような〝いいとこの美女〟は、決して一人で外をほっつき歩いたりはしなかった。外へ出るんでも牛車《ぎっしゃ》に乗ってという、部屋ごと移動するようなもんばっかりじゃ。当たり前に外を歩いていられるのは、身分の低い下層階級の女ばかりで、これは、はっきり言って、恋を語るような相手ではなかった。やっぱりな、男というもんはな、自分の胸をときめかすような気高く清らかで美しいものと、天下晴れて「世界は僕たち二人の為にあるんだよー」なんてことを言いたいようなもんなんじゃ。「デートしたいよォ」と思っても出来ないお前さんらの不幸は、所詮鏡を見れば原因がはっきりするようなもんじゃが、ワシらの時代の不幸は、そもまずデート用の女が存在しなかったということにあるんじゃな。もてるもてない以前に、そういう女が現実には存在せんかったら、デートなんざ出来やせんわよ。女が家ン中でブツクサ言っとるんだったらしょうがない、「ヘイ、ボーイ！　デートしようぜ！」ってことになるんだわな。

平安時代が女の時代というのは、これが貴族の時代でもあるからだわな。女が部屋の中にいて、外出する時だって、スダレを下ろした牛車にのって部屋ごと移動するみたいなことをやっておった時代は、そういう美女連の相手をする〝公達《きんだち》〟という、高級貴族のお坊っちゃん連中もおんなじじゃ。自分一人で歩いてどっかへ行くなんてことァしねェ。女とおんなじように、立派な牛車に乗って〝お忍び〟ということになるな。金持のオッサンが、運転手つきのベンツに乗って女のとこに通ってくのとおんなじよ。そういうオッサンが、公園通りで「彼女ォ、お茶しない？」とは言わねェだろ。女は家ン中にいる。男だって家ン中にいる。家ン中だけで恋愛ゲームをやってるのが王朝文化というやつだが、侍は違うわな。馬に乗って、どこまでも一人で走ってくわな。平気でダダダダッ！と走ってくわな。王朝貴族の時代が終わって、源氏、平家の時代が来て、男の時代になっちまうと、そういう家ン中でモソモソやってるのが、オールドファッションになっちまうのよ。なにしろ、ワシらの時代には、武士は貴族の真似をする。坊主は武士の真似をする。貴族だって武士の真似をするという、そういう時代じゃったんだもの。坊主がおとなしく本を読んどる訳もない。〝僧兵《そうへい》〟と称して、戦さをやるもの。高校球児並の罵声を、坊主頭で張り上げるもの。貴族のお坊ちゃんだって、気のきいたのは、馬に乗って弓引いて、「メロドラマはいやだ！　アクションだ！」って、そういう時代だぜ。そういう時代に、女は相変わらず髪のばして、ワンレンのボディコン——じゃねェや、十二単《ひとえ》で、「サイテエ、なァに、あの教養のなさァ」とかやってる訳でな。「もう、うっとうしいから、お前エらは家ン中にいな！」てなもんになっちまった。男は暗い家を追ん出て、自分の勢力を拡大する為に外を飛び回ってる。ヤドカリやデンデン虫みたいに、お屋敷くっつけてずるずる動き回ってる女なんざ、うっとうしくてお呼びでない、という訳じゃ。仁和寺の坊主達のやってることを見てみィ。男子校の運動部の生徒がよ、評判のマドンナ娘を誘い出す為に、よそのクラブの連中誘ってよ、「ねェねェねェ、僕達とデートしてくれませんか」って、必死になって青春しとるのとおんなじじゃぞ。〝仁和寺のスゲェ稚児〟なんてもんは、日本映画華やかなりし頃の吉永小百合扮する〝ピアノを弾く坂の上の令嬢〟のようなもんじゃ。

お金持の令嬢がな、坂の上の洋館でピアノを弾いておる訳じゃな。その坂道を通る男子校の生徒達は「お前、彼女をデートに誘えよ」「彼女は俺達全員のアイドルなんだからな、ぬけがけはやめろよな！」なんてことをやっておる訳じゃ。しかし哀しいことに、こっちは学生服に丸刈り坊主の高校生、向こうは上品なお嬢様、ただ誘ったってハナもひっかけてもらえねェやって、坊主どもは思う訳じゃな。なんとかして彼女の歓心を買いたい、と。そこで、運動部の坊主どもは、「やっぱり音楽がなきゃァ」つうんで、軽音楽研究会とか合唱部なんてとこにいる友達を誘うんじゃな。〝**芸能坊主**〟というのは、歌を歌ったり楽器を弾いたりすることを専門にする坊主じゃな。西洋の教会には聖歌隊とかいうようなもんがあるじゃろ。それとおんなじじゃわ。

『**平家物語**』というのは、琵琶《びわ》の音に乗せて語る、今でいうところのバラードなんじゃがな。これを語るのは〝琵琶法師〟という坊主じゃった。坊主の世界も人間の世界で、娯楽もあれば特技もある。普通の社会よりも坊主の世界は文化的で暇もあるからな、〝**芸能坊主**〟——言うところの〝**遊僧**《ゆうそう》〟なるものも生まれるんじゃ。〝**あそぶ**〟という言葉が、英語の〝ＰＬ

AY〟とおんなじように、〝遊ぶ〟のと〝楽器を演奏する〟のと、ふたつの意味のある言葉じゃというのは知っとるじゃろう？　〝遊僧〟〝遊び法師〟――そういうものがおったんじゃ。〝遊び女《め》〟というのは、遊女＝売春婦ということになっておるが、そもそもの最初は〝女性シンガー〟〝女性ミュージシャン〟というものだったんだわな。

まァそういう、文化系の坊主がいる。ワシらの時代にはラジカセなんつう便利なものはないからな、デートに音楽を使いたけりゃ、どっかからミュージシャンを調達してくるしかない。それを調達して「これでデートの方は大丈夫！」と思ったが、しかしそのデートに持ってくまでの口実がない。ウキウキドキドキの恋心というものは、相手を誘い出すのも大変なもんじゃが、しかしもっと大変なのは、「よォし、これで誘

い出すだけの口実は出来たぞ、こうしとけば恥かかないぞ！」という、自分自身を納得させる為の口実なんじゃな。「おい、なんて言って誘うんだよ？」「〝紅葉がきれいだから見に行きませんか？〟ってのはどうだよ？」「〝そんなのつまんないわ〟つったらどうすんだよ？」「だから、その為にこいつを連れてくんじゃねェか、紅葉見ながら音楽聴くのって風流ですよ、って」「それでも〝いや〟って言われたらどうすんだよ？　あの子の顔見て、まともにそんなこと言えんのかよ？　お前、言う自信てあんのかよ？」とかやってる訳だ。「月並のデートに誘っても、こっちのあるんだかないんだか分からない下心を見すかされちゃったらどうしよう？」という不安は残るんじゃな。それで、仁和寺の坊主達は、憧れのマドンナに、秘密のプレゼントをさしあげる〝演出〟なんちゅうのを考えた。

〝破子《わりご》〟というのは、白木で作った弁当箱だな。中に仕切があって、色々の食べ物を分けて入れられるようになっている。木を薄く削って、細工をする。それに色なんかを塗らないで、木の感じを生かしてあるのが〝白木《しらき》〟じゃが、要は〝おしゃれな小物入れ〟を作ったということじゃや。「あの子はこういう可愛い小物入れ貰ったら喜ぶぞ、お前、そういうの作るの得意なんだから、作れよ！」なんてことを言ってな、作ったその破子型のものを、汚れないように、そこら辺にあった箱みたいなもんに入れて、それを山ン中に埋めたんじゃな。仁和寺のそばには〝双ケ岡《ならびがおか》〟といって、丘が三つ並んでいる景色のよいところがあったから、そこに誘い出して「そこで、みんな揃ってお祈りをすると、土の中からアーラ不思議で、あの子にぴったりのファンシーグッズが姿を現すという訳だ」なんてことをやった訳だ。勿論、この坊主達が誘い出そうとしたのは、男の稚児だがな。

仁和寺の主である法親王がお住まい遊ばす御所というのは、勿論、寺の中にあるものだから、ここに女はいない。女はいないが、帝のお子様でいらっしゃる法親王なんだから、このお身の回りの世話をする人間は必要になる。むくつけき坊主じゃしょうがないっていうんで、まだ坊主になる前の坊主志望の少年にきれいな恰好をさせて召し使っていた、と。法親王に限らず、ある程度以上エラくなった坊主には、みんな身の回りの世話をする少年がつくわな。江戸の殿様にお小姓がついて、江戸の侍に中間《ちゅうげん》の供がくっつくのとおんなじことじゃ。お小姓と言えば前髪立ちの美少年、中間といえば体育会か応援団かという感じのごっつい男で、だから、身の回りの世話をする稚児が、みんなキャシャな美少年だった、という訳でもない。道路工事してた方が似合う稚児だっておったろうというのは、すべての男子高校生中学生が美少年であってたまるもんかという自然の摂理《せつり》だわな。稚児ったって、〝スゲェ稚児〟と〝スゴクねェ稚児〟の二種類はあるが、その中で、法親王の御所にいる稚児となったら、こりゃもう〝ジャニーズ事務所のはえぬき〟みたいなもんだわな。吉永小百合の男版みたいなもんでな——というのが、今から七百年前の話じゃ。

七百年前の男が恋に不器用だったのか。それとも男というものが、恋という輝かしいものの前には永遠に不器用なものなのか、どちらとも言えんわな。男というものは純情なもんでな、自分の目の前に〝輝かしいもの〟が現れたら、それだけでポーッとなってしまう。そうなったらそれは〝恋〟でな。恋になったら、それが男か女かなんぞということは、どうでもよくなってしまうようなもんだわ。「惚れれば恋」というのが、純情なところよ。そして、純情なやつというのは、己の胸のドキドキに引っ張り回されて、己の不器用には気づかない。お前さん方だとてよ、〝必勝デートコース〟なんぞという、つまらん雑誌のマニュアル記事をドキドキして読むじゃろうが。そんなものを「フン」と鼻の先でバカにしとるようなやつだって、「俺はそんな月並なことはしない！　俺はあのセンで行くんだ」なんてな、どこぞで見た外国映画の真似をしたがる。仁和寺の坊主達がとんでもなく吉永小百合してる美少年を双ヶ岡に誘い出してな、「あーあ、紅葉を焚くような人間でもおらんかなァ」と言ったというのも、

実はそれじゃよ。中国の詩人の白楽天の詩に「林間《りんかん》に酒を煖《あたた》むるに紅葉を焚《た》き」というフレーズがあるんじゃな。林の中で酒を飲むんで、酒の燗をするのにも落ち散ったゴージャスな紅葉を燃やすという、風雅な心——今様に言えば〝オシャレなセンス〟じゃな。オシャレというか、教養人種にとってみれば、〝紅葉を焚《た》く〟は秋の定番・決まり文句みたいなもんじゃが、それをな、いかにもさりげなく「僕って教養人！」という形で出して来るところがなァ、坊主のウブといやァウブなところよ。誰だってお前、ポーッとなった相手にはいいとこを見せたいものな。そうやって男というものは成長して行くんじゃが、成長途上人は、つまんない凝りすぎをやらかして、必ずこけるというお話じゃな。なんにでも教訓をつけるのが坊主の仕事でもあるからよ、最後はつまんない話でゴメンな——という訳じゃや。

【第五十九段】

大事《だいじ》を思ひ立たん人は、去りがたく心にかからん事の本意《ほい》を遂げずして、さながら捨つべきなり。「しばしこの事はてて」「おなじくは、かの事沙汰し置きて」「しかしかの事、人の嘲《あざけ》りやあらん。行末《ゆくすゑ》難なくしたためまうけて」「年来《としごろ》もあればこそあれ、その事待たん、ほどあらじ。物騒がしからぬやうに」など思はんには、えさらぬ事のみいとど重なりて、事の尽くる限りもなく、思ひ立つ日もあるべからず。おほやう人を見るに、少し心あるきは皆このあらましにてぞ一期《いちご》は過ぐめる。

近き火などに逃ぐる人は「しばし」とや言ふ。身を助けんとすれば恥をもかへりみず、財《たから》をも捨てて逃《のが》れ去るぞかし。命は人を待つものかは。無常の来たる事は水火の攻むるよりもすみやかに逃れがたきものを、その時老いたる親、いときなき子、君の恩、人の情け、捨てがたしとて捨てざらんや。

大事を志そうという人間は、ふっきれないで心に引っかかっていることが中途半端であっても、そのまんまで止めちまうべきだな。「ちょっと、これが終わって——」「いっそならあの事の始末をつけて——」「でもあの事は人が嗤《わら》うだろうから、先行って問題ないように処理しといて——」「ずっとこのまんまで来たんだ、このまんまで待とう、そうはかかるまい。あわてないようにして——」なんぞと思ってたひにゃ、用事ばっかりますます重なって、暇の出来ることもなく、決心する日も来る訳ァない。大体人を見てると、「ちょっと分かってる」程度のやつは、みんなこの胸算用で一生を終わっちまうみたいだな。

近くの火事なんぞで逃げる人間が「ちょっと待てよ」と言うか？　我が身が助かりたいとなれば、恥も考えず、財産さえ捨てて逃げてくじゃねェか。寿命は人を待たねェんだよ。無常の訪れは、大水大火事の襲って来るのよりも早くて、逃げにくいもんだがよ、その時に、年取った親や小さな子供や主人の恩や人の情けをだ、「捨てにくいなァ……」で、捨てずにいるのか？

第五十九段の註

〝無常〟とは、常なることのないことじゃな。有為転変《ういてんぺん》――即ち、存在するものすべて変わり、常に同じということはない。「祇園精舎《ぎおんしょうじゃ》の鐘の声、諸行無常《しょぎょう》の響きあり」というのは、『平家物語』の冒頭じゃな。時としてこれを〝滅びの美学〟なんぞと言ったりはするがな。「平家にあらずんば人にあらず」と人にも言い、人に言われもした平家の栄華《えいが》も、西海の藻《も》屑《くず》と消え去ってしまった。諸行無常――どんなものでも〝永遠に続く〟ということはない、と。しかし、だからどうしたというんじゃろう？　平家が滅んだ――それを「ああ、はかない、恐ろしい」と思うのは、やはり自分も平家と同じように滅んで行く運命を持っていると思うからじゃろうかな？　天下の栄華を一身に集めた平家と、ロクな財産を持ってもいない己の運命とが同じにはならんわな。

大企業が倒産した――昨日までは肩で風切っとったエリート社員が、今日からは路頭に迷う。昨日まで時代の先端を行っていた情報産業の雄が、今日は社長の贈賄《ぞうわい》がバレて、悪の権《ごん》化《げ》にされてしまう。はかないといえばはかないが、「それがどうした？」と言うやつもいる。かえって「いい気味、いい気味」と言うやつだとている。会社が潰れ、明日から一家は路頭に迷う――ということが果たしてあるか？　失業保険のあるご時世に。

人はいつかは年を取る。盛者必滅《じょうしゃひつめつ》というのはそんなことじゃ。別にどうということもない、当たり前のことじゃな。ただ人間は、その当たり前のことになかなか馴れようとはしない。すべてこの世にあるもの、永遠にして一定ということはありえない。それは当たり前じゃが、しかし人間というものは無精《ぶしょう》なものじゃ。自分の馴れ親しんだものと永遠につきあえる、永遠につきあうものと思いこんでおる。頭では「いつか終わる」と思ってはいても、なかなかそのことを我が身に引きつけようとはしないものじゃ。

人がいつかは死ぬということは分かっていても、昨日までの生活がいつか変わるかもしれんというようなことにはあまり思いを至せない。当たり前のことじゃな。生活なんぞというものは、いつの間にか当たり前の顔をして変わって行く。変わらなければ惰性に落ちる。〝惰性〟という言葉を使えばビクリともしようが、人というものは、知らぬ間に惰性に馴れ、惰性を求め、惰性に落ちこんでおるものなのじゃ。

人間誰だって楽をしたい。今日考えたことが明日も続けば楽になる。毎日毎日「ああだ、こうだ」をコロコロ考え続けるのはしんどいことじゃでな。「今日はこうだった、明日も多分またこうだろう」――当面はそれでよいし、〝多分〟をつけて明日を考えるのがまともであり、謙虚であるような考え方じゃわな。

しかし、それがいつの間にか、「昨日もこうだった、昨日もこうだったように今日もこうなのだから、明日もこうに違いない」ということになる。惰性を恐れるのではなく、惰性のまま〝惰性〟という考えを頭から振り捨ててしまうのじゃな。そういう人間にとって一番恐ろしい考えが〝無常〟というやつじゃろう。

怠惰にあぐらをかいて、つまらん日常をささやかな栄華と思いこんでおる人間は、「そうそういつまでもおんなじノッペラボーが続いてたまるもんかよォ！」という事態の到来に肝をつぶしてしまう。分かってはいるつもりが、見えないところでパニックを起こして、それでいつの間にか薄ぼんやりとした人間になるんじゃな。会社を定年で辞めた人間が、いつの間にか薄ぼんやりしたオッサンになってしまうのもそれ。ただ受験勉強だけで生きて来た人間が、大学に入った途端薄らぼんやりとなって来るのもそれ。永遠にお遊び気分だと思っていた大学生が、就

職と同時に薄ら寒い気分に襲われるのもそれ。〝無常〟とはそんなものでもある――というより、「昨日までは……」という気分に襲われた時、人は既に無常の中にいる、というようなものじゃな。

「祇園精舎の鐘の声……」と、琵琶《びわ》法師の弾く琵琶の音に合わせて『平家物語』を聞いた時代には、生きて行くのが大変じゃった。社会保障もない。生活保護もない。大水が出、大火事に遭って家を焼かれ流されれば、次の日からは流浪《るろう》の民じゃ。「こっちへ避難して下さい」という、小学校の体育館なんぞはない。「テレビを見ていた皆さんから、救援物資、義援金が寄せられています」ということも勿論ない。追われてしまえば、ハイそれまでよォ、というところじゃ。その時代に、無常というものは恐ろしかった。名もない庶民、あるいは一介の中流貴族が自分の生活に不安を感じておる――不安も道理、あの栄華を極めた平家でさえも滅んでしまった、ということじゃな。

人より以上の栄華を貪《むさぼ》った平家じゃもの、その栄華ゆえに人を苦しめることも多かろうさ。それが滅んでホッとしたと思う人間もおるといったらおるわいな。栄えるものもいつかは衰える、そんなことは当たり前じゃ――なにしろ人は、みないつかは年を取り、死ぬのじゃからな。自分なりに出来合いの生活にはまりこんだ人間というものは、みな〝当たり前の真実〟というものを恐れるのじゃな。無常が恐ろしかった時代というのは、多くの人間が当たり前のようにして〝昨日の行きがかり〟にしがみついておった時代よ。しがみつくしか、生きて行く術《すべ》はなかった。

昨日まで勤めておった会社が潰れた——「ボサーッとしてないで、次の職探しをしろ」と言われるな。潰れずとも自分からさっさと転職をする人間もおる。あんたらの時代、諸行無常は当たり前じゃ。

女が男に捨てられた——「グズグズしてないで元気出しなさいよ、男なんかいくらだっているんだから」と、女は平気でこう言うわな。「無常がなんだっていうのよ?」ってなもんじゃな。

人はみな、無常を当たり前の前提として生きておる。それが悪いことかといえば、そんなことはまったくない。人はやっと、当たり前のことを当たり前に受け入れて、そのことを前提にして生きて行けるだけの強さを手に入れたということじゃからな。

坊主になるのが大変な時代もあった。〝世を捨てる〟だの〝家を出る〟だの〝遁世《とんせい》〟だのな。今までの行きがかりを捨てて〝自分〟というものとたった一人で向き合わねばならんことが、とんでもなく大変な時代というのもあったのじゃ。

〝自立〟という言葉を知っとろうな? あんたらの時代に、ワシが今言うたようなことはみんな当たり前のことじゃわな。〝自分を見つめない〟となったら、それは〝甘えてる〟の代名詞じゃわな。現代人はみんな〝自分〟というものを見失って、その見失った自分を探しとるんじゃそうだが、じゃァ、その現代人なるもの以前の人間は、みんな〝自分〟というものを見失わずにしっかりと持っとったのか?

別にそんなことはありゃせんぞ。〝自分〟なんぞというもんと、ことさらに向かい合わんでも平気で生きとった時代がエンエンと続いとったというだけじゃわな。〝自分〟と向かい合うなんぞという、悠長なことをしとったら飢え死にしてしまうというような、シビアーな時代がな。自分をつかまえようとして坊主になった人間が果たしてどれだけおったのか? そんなものの数は知れておるな。

「兼好法師は世を捨てた、『徒然草』は無常感だ」なんぞと、人はゴタイソーなことを言いおるがよ、なァーに、別にゴタイソーでもなんでもない、ワシはあんたらとおんなじような、ただの現代人のハシリなんじゃや。そういう人間があんまりおらなんだ時代に、ワシは誰からも分かってもらえん孤独を嘆き、しょうがないから坊主となったと、ただそれだけの話なんじゃやな。ワシの言うことはみんな当たり前。まともな頭でまともに物事を考えれば、みーんな当たり前になる。つまらんことにわずらわされんように、自分の頭を鍛えることが〝悟り〟への道じゃわな。どうってことのないことじゃや。どうってことない、どうってことない。

ワシらの時代、〝大事〟といったら、坊主になることじゃった。現実の束縛というものを捨ててな、未来を志すというのが〝大事〟ということじゃった。この〝未来〟というのは、死んで後に行く来世のことじゃやな。己の心に従って生きるとなったら、もうこの現実とは折り合えん。死んだも同然ということになるのじゃが、ただ〝自分の頭でものを考えて生きる〟ということが、これほど大変な時代もあったんじゃ。生きることは難しい。生きて食って行くことは大変じゃ。しかし、その〝大変〟を口実にして、自分の頭を空っぽにしたまんま、つまらんことに振り回されて生きるのもまた、〝生きる〟ではあるな。人間は、つまらんことに縛られて、自分から己の頭をせばめておるのじゃ。あんたらの時代は〝愛の時代〟じゃというがな、仏教の方で〝愛〟というたら、とんでもないもんじゃぞ。あまりよいもんではない。

〝愛〟というのは〝愛著《あいじゃく》〟という言葉に代表されるように、貪り執着することをいう。〝愛の渇き〟なんぞというが、そもそも愛とは、いつまでもいつまでも心の飢餓感から離れられず、人を物を求め続ける欲望のことではある。あんたらの時代は、自立と愛とが同居しておる時代のようじゃが、それもまたなかなかに人間的な混沌《こんとん》というもんじゃわな。

本書は一九九〇年八月に小社より単行本として刊行されたものです。

絵本 徒然草 上

文 橋本 治
絵 田中靖夫

二〇〇五年 六月二〇日 初版発行
二〇一九年 二月二〇日 7刷発行

発行者 小野寺優
発行所 河出書房新社
東京都渋谷区千駄ヶ谷二－三二－二
☎〇三－三四〇四－八六一一（編集）
〇三－三四〇四－一二〇一（営業）
http://www.kawade.co.jp/

デザイン 粟津潔

印刷・製本 凸版印刷株式会社

落丁本・乱丁本はおとりかえいたします。

Printed in Japan ISBN978-4-309-40747-0

桃尻語訳　枕草子　上

橋本治　40531-5

むずかしいといわれている古典を、古くさい衣を脱がせて、現代の若者言葉で表現した驚異の名訳ベストセラー。全部わかるこの感動！　詳細目次と全巻の用語索引をつけて、学校のサブテキストにも最適。

桃尻語訳　枕草子　中

橋本治　40532-2

驚異の名訳ベストセラー、その中巻は——第八十三段「カッコいいもの。本場の錦。飾り太刀。」から第百八十六段「宮仕え女（キャリアウーマン）のとこに来たりなんかする男が、そこでさ……」まで。

桃尻語訳　枕草子　下

橋本治　40533-9

驚異の名訳ベストセラー、その下巻は——第百八十七段「風は——」から第二九八段「『本当なの？　もうすぐ都から下るの？』って言った男に対して」まで。「本編あとがき」「別ヴァージョン」併録。

大不況には本を読む

橋本治　41379-2

明治維新を成功させ、一億総中流を実現させた日本近代の150年は、もはや過去となった。いま日本人はいかにして生きていくべきか。その答えを探すため、貧しても鈍する前に、本を読む。

花咲く乙女たちのキンピラゴボウ 前篇

橋本治　41391-4

読み返すたびに泣いてしまう。読者の思いと考えを、これほど的確に言葉にしてくれた少女漫画評論は、ほかに知らない。——三浦しをん。少女マンガが初めて論じられた伝説の名著！　書き下ろし自作解説。

花咲く乙女たちのキンピラゴボウ 後篇

橋本治　41392-1

大島弓子、萩尾望都、山岸涼子、陸奥A子……「少女マンガ」がはじめて公で論じられた、伝説の名評論集が待望の復刊！　三浦しをん氏絶賛！

現代語訳 古事記

福永武彦〔訳〕 40699-2

日本人なら誰もが知っている古典中の古典「古事記」を、実際に読んだ読者は少ない。名訳としても名高く、もっとも分かりやすい現代語訳として親しまれてきた名著をさらに読みやすい形で文庫化した決定版。

現代語訳 南総里見八犬伝 上

曲亭馬琴 白井喬二〔現代語訳〕 40709-8

わが国の伝奇小説中の「白眉」と称される江戸読本の代表作を、やはり伝奇小説家として名高い白井喬二が最も読みやすい名訳で忠実に再現した名著。長大な原文でしか入手できない名作を読める上下巻。

現代語訳 南総里見八犬伝 下

曲亭馬琴 白井喬二〔現代語訳〕 40710-4

全九集九十八巻、百六冊に及び、二十八年をかけて完成された日本文学史上稀に見る長篇にして、わが国最大の伝奇小説を、白井喬二が雄渾華麗な和漢混淆の原文を生かしつつ分かりやすくまとめた名抄訳。

現代語訳 徒然草

吉田兼好 佐藤春夫〔訳〕 40712-8

世間や日常生活を鮮やかに、明快に解く感覚を、名訳で読む文庫。合理的・論理的でありながら皮肉やユーモアに満ちあふれていて、極めて現代的な生活感覚と美的感覚を持つ精神的な糧となる代表的な名随筆。

現代語訳 日本書紀

福永武彦〔訳〕 40764-7

日本人なら誰もが知っている「古事記」と「日本書紀」。好評の『古事記』に続いて待望の文庫化。最も分かりやすい現代語訳として親しまれてきた福永武彦訳の名著。『古事記』と比較しながら読む楽しみ。

現代語訳 歎異抄

親鸞 野間宏〔訳〕 40808-8

悩める者や罪深き者を救う念仏とは何か、他力本願の根本思想とは何か。浄土真宗の開祖である親鸞の著名な法話「歎異抄」と、手紙をまとめた「末燈鈔」を併録。野間宏の名訳で読む分かりやすい現代語の名著。

現代語訳 歌舞伎名作集

小笠原恭子〔訳〕 40899-6

「仮名手本忠臣蔵」「菅原伝授手習鑑」「勧進帳」などの代表的な名場面を舞台の雰囲気そのままに現代語訳。通して演じられることの稀な演目の全編が堪能できるよう、詳細なあらすじ・解説を付した決定版。

現代語訳 竹取物語

川端康成〔訳〕 41261-0

光る竹から生まれた美しきかぐや姫をめぐり、五人のやんごとない貴公子たちが恋の駆け引きを繰り広げる。日本最古の物語をノーベル賞作家による美しい現代語訳で。川端自身による解説も併録。

現代文訳 正法眼蔵 1

道元 石井恭二〔訳〕 40719-7

世界の哲学史に燦然と輝く道元の名著を、わかりやすく明晰な現代文で通読可能なテキストにした話題のシリーズ全五巻。第一巻は「現成公按」から「行持」まで、道元若き日のみずみずしく抒情的な思想の精髄。

現代文訳 正法眼蔵 2

道元 石井恭二〔訳〕 40720-3

明晰な現代文で通読できる日本最高の哲学思想書の第二巻。「恁麼」巻から「仏教」巻まで、ハイデッガーをも超える言語論、存在論、時間論、禅の本質論など、『正法眼蔵』の白眉と評される、道元壮年期の傑作群。

現代文訳 正法眼蔵 3

道元 石井恭二〔訳〕 40721-0

比類なく明晰な現代文で道元思想の精髄を伝える名著の第三巻。第三十五「神通」巻より第五十五「十方」巻まで、道元四十代の円熟の哲学。矛盾と煩悩によって成り立つ日常にこそ宇宙の真実を見る鋭敏な思想。

現代文訳 正法眼蔵 4

道元 石井恭二〔訳〕 40722-7

若き道元の鮮烈な宣言「辦道話」を収め、七十五巻本ここに完結。自己は普遍的存在になりうるか？ 相対と絶対、無限と有限がからみあう無常の世界の、永遠の難問を透視する。知者・道元の眼！

口語訳 遠野物語

柳田国男　佐藤誠輔〔訳〕　小田富英〔注釈〕 41305-1

発刊100年を経過し、いまなお語り継がれ読み続けられている不朽の名作『遠野物語』。柳田国男が言い伝えを採集し簡潔な文語でまとめた原文を、わかりやすく味わい深い現代口語文に。

たけくらべ　現代語訳・樋口一葉

松浦理英子／藤沢周／阿部和重／井辻朱美／篠原一〔現代語訳〕 40731-9

現代文学の最前線の作家たちが現代語訳で甦らせた画期的な試み。「たけくらべ」＝松浦理英子、「やみ夜」＝藤沢周、「十三夜」＝篠原一、「うもれ木」＝井辻朱美、「わかれ道」＝阿部和重。

読み解き 源氏物語

近藤富枝 40907-8

美しいものこそすべて……。『源氏物語』千年紀を迎え、千年前には世界のどこにも、これほど完成された大河小説はなかったことを改めて認識し、もっと面白く味わうための泰斗の研究家による絶好の案内書！

紫式部の恋 「源氏物語」誕生の謎を解く

近藤富枝 41072-2

「源氏物語」誕生の裏には、作者・紫式部の知られざる恋人の姿があった！　長年「源氏」を研究した著者が、推理小説のごとくスリリングに作品を読み解く。さらなる物語の深みへと読者を誘う。

ヘタな人生論より徒然草

荻野文子 40821-7

世間の様相や日々の暮らし、人間関係などを“融通無碍な身の軽さ”をもって痛快に描写する『徒然草』。その魅力をあますことなく解説して、複雑な社会を心おだやかに自分らしく生きるヒントにする人生論。

ヘタな人生論より藤沢周平

野火迅 41107-1

時代を描き、人間の本質にせまる藤沢小説。家族のあり方や運命の考え方、男女関係、信条の貫き方……誰もが避けて通れない問題を、どう描いているか。“人生の重大な秘密”を解読する！

ヘタな人生論より良寛の生きかた

松本市壽　40903-0

幕末の時代を、ホームレスにも似たボランティア僧として生きた良寛。人をうらむな、うらやむな。追い求めるな、こだわるな……。師の遺した詩歌や手紙を現代文で紹介し、心穏やかに生きるヒントを授ける。

ヘタな人生論より一休のことば

松本市壽　41121-7

生きにくい現代をどのように生きるのか。「とんちの一休さん」でおなじみ、一休禅師の生き方や考え方から、そのヒントが見えてくる！　確かな勇気と知恵、力強い励ましがもらえる本。

ヘタな人生論より万葉集

吉村誠　41133-0

宮仕えのつらさ、酒飲みへの共感、老年期の恋への戸惑い、伴侶を失った悲哀……。今と変わらぬ心の有り様が素直に詠みこまれた『万葉集』から、生きるヒントを読みとる。

ヘタな人生論より葉隠

本田有明　40939-9

武士道といふは死ぬ事と見付けたり——この精神が平和な江戸中期には危険思想とみなされた『葉隠』。だがそれは同書の一断面にすぎない。そこには人生や仕事など様々な局面で道しるべとなる教えがあった！

私の方丈記

三木卓　41485-0

人生の原点がここにある！　混迷の時代に射す一条の光、現代語訳「方丈記」。満洲からの引揚者として激動の戦中戦後を生きた著者が、自身の体験を「方丈記」に重ね、人間の幸福と老いの境地を見据えた名著。

江戸の性愛学

福田和彦　47135-8

性愛の知識普及にかけては、日本は先進国。とりわけ江戸時代には、この種の書籍の出版が盛んに行われ、もてはやされた。『女大学』のパロディ版を始め、初夜の心得、性の生理学を教える数々の性愛書を紹介。

江戸の二十四時間

林美一　47301-7

ドキュメント・タッチで描く江戸の町の昼と夜！　長屋の住民、吉原通いの町人、岡っ引、旗本、老中、将軍——江戸城を中心に大江戸八百八町に生きた人びとの、時々刻々の息遣いまでが聞こえる社会史の傑作。

江戸の音

田中優子　47338-3

伽羅の香と毛氈の緋色、遊女の踊りと淫なる声、そこに響き渡った三味線の音色が切り拓いたものはなんだったのか？　江戸に越境したモダニズムの源を、アジアからヨーロッパに広がる規模で探る。

江戸食べもの誌

興津要　41131-6

川柳、滑稽・艶笑文学、落語にあらわれた江戸人が愛してやまなかった代表的な食べものに関するうんちく話。四季折々の味覚にこめた江戸人の思いを今に伝える。

江戸の都市伝説　怪談奇談集

志村有弘〔編〕　41015-9

あ、あのこわい話はこれだったのか、という発見に満ちた、江戸の不思議な都市伝説を収集した決定版。ハーンの題材になった「茶碗の中の顔」、各地に分布する飴買い女の幽霊、「池袋の女」など。

河童・天狗・妖怪

武田静澄　41401-0

伝説民俗研究の第一人者がやさしく綴った、日本の妖怪たちの物語。日本人のどういう精神風土からそれぞれの妖怪が想像されたかを、わかりやすく解く、愉しく怖いお話と分析です。

花鳥風月の日本史

高橋千劔破　41086-9

古来より、日本人は花鳥風月に象徴される美しく豊かな自然のもとで、歴史を築き文化を育んできた。文学や美術においても花鳥風月の心が宿り続けている。自然を通し、日本人の精神文化にせまる感動の名著！

酒が語る日本史

和歌森太郎 41199-6

歴史の裏に「酒」あり。古代より学者や芸術家、知識人に意外と呑ん兵衛が多く、昔から酒をめぐる珍談奇談が絶えない。日本史の碩学による、「酒」と「呑ん兵衛」が主役の異色の社会史。

蒙古の襲来

海音寺潮五郎 40890-3

氏の傑作歴史長篇『蒙古来たる』と対をなす、鎌倉時代中期の諸問題・面白さを浮き彫りにする歴史読物の、初めての文庫化。国難を予言する日蓮、内政外政をリードする時頼・時宗父子の活躍を軸に展開する。

大化の改新

海音寺潮五郎 40901-6

五世紀末、雄略天皇没後の星川皇子の反乱から、壬申の乱に至る、古代史黄金の二百年を、聖徳太子、蘇我氏の隆盛、大化の改新を中心に描く歴史読み物。『日本書紀』を、徹底的にかつわかりやすく読み解く。

吉原という異界

塩見鮮一郎 41410-2

不夜城「吉原」遊廓の成立・変遷・実態をつぶさに研究した、画期的な書。非人頭の屋敷の横、江戸の片隅に囲われたアジールの歴史と民俗。徳川幕府の裏面史。著者の代表傑作。

ツクヨミ 秘された神

戸矢学 41317-4

アマテラス、スサノヲと並ぶ三貴神のひとり月読尊。だが記紀の記述は極端に少ない。その理由は何か。古代史上の謎の神の秘密に、三種の神器、天武、桓武、陰陽道の観点から初めて迫る。

性・差別・民俗

赤松啓介 41527-7

夜這いなどの村落社会の性民俗、祭りなどの実際から部落差別の実際を描く。柳田民俗学が避けた非常民の民俗学の実践の金字塔。